講談社文庫

Symphony《シンフオニー》 漆黒の交響曲

ミステリー傑作選

日本推理作家協会 編

講談社

目次

暗い越流

若竹七海《わかたけななみ》

1963年、東京都生まれ。立教大学文学部史学科卒。91年、『ぼくのミステリな日常』(創元推理文庫)で作家デビュー。93年に刊行された『閉ざされた夏』(講談社、のち光文社文庫)は、第38回江戸川乱歩賞最終候補となった。2013年、本作(光文社刊『暗い越流』に所収)で第66回日本推理作家協会賞短編部門を受賞。夫はミステリ研究家の小山正氏。

1

「これってファンレターですか。ファンレター、ですよね」

私は便箋を折りたたみながら繰り返した。齋藤《さいとう》弁護士は赤ん坊のようにくれた顎で、重々しくうなずいた。

「そう。ファンレターですね」

にわかに手の中の便箋が汚らわしく思えてきた。ビジネスレターの大半がメールになってしまった昨今、白地に萌葱《もえぎ》色の罫線だけの便箋を手にする機会などほとんどない。その清々しい便箋に、ブルーブラックのインクでしたためられた美しい日本語。

時候の挨拶とお見舞い、どんなことがあってもあきらめずにがんばってください、あなたには私がついてます、という内容。手紙文のサンプルに使えそうな代物だ。手紙そのものに、嫌らしいところなどまるでない。

一枚目の便箋に「この手紙を磯崎保《いそざきたもつ》様にお渡しください」とある事実をのぞいて

は。

「これをわがクライアントに渡すべきかどうか、悩んでましてね」

齋藤弁護士はちらっと上唇をなめた。私は無視した。うちの出版社では、客にお茶を出さなくなって久しい。その代わり、私の背後で自販機がうなりをあげている。まさか、吹けば飛ぶようなリサーチャー……という肩書きの嘱託社員が、私よりはるかに栄養状態の良さそうな弁護士先生に、ペットボトル飲料をおごるわけにもいかないではないか。

「クライアントというのは、つまり」

「多摩川《たまがわ》の五人殺しの磯崎保ですよ」

齋藤弁護士はいくら待ってもタダ茶にありつけないことをようやく悟ったらしく、ケータイをつかみ出しつつよちよちと自販機に歩み寄った。

「あの男、死刑が確定したんですよね」

「よくご存知ですね。いや、失礼な言い方でした。お仕事ですから知っていらして当然だ」

「有名な事件だし、住まいが多摩川沿いで、現場はなじみの場所ですから」

「そうですか。いえね、本人は再審請求をすると言い張ってるんですよ。人の命を奪う死刑制度は人権上間違っていると言っています」

口があんぐりと開いてしまった。人の命を故意に、それも盛大に奪った人間が、それを言うか。

五年前の七月二十日、大規模な被害の出た台風の翌日の早朝、磯崎保は多摩川沿いに車を停め、仮眠をとっていた。そこに通りかかったなんとかいうテリアが磯崎に吠えかかった。磯崎は車から降りて犬を蹴飛ばし、飼い主の女性と口論になった。その後、女性は犬をつれて立ち去ったが、磯崎は車でその後を追い、女性と犬をはねとばし、バックと前進を繰り返してぺしゃんこにした。

さらに磯崎は車を走らせ、自転車で新聞配達をしていた少年と、出勤途中だったふたりのサラリーマンと、騒ぎに驚いて店から飛び出してきたコンビニの店長を追い回しては次々にはね、なおも暴走を続け、あちこちで多重衝突事故をひき起こしてパトカーに追われ、ロータリーでバスに追突してようやく逮捕された。

結局、バスの運転手と乗客を含む五人が死亡、二十三人が重軽傷を負った。重傷者のなかには依然として意識の戻らないひと、社会復帰できずにいるひとも多く、

「ここだけの話、私ですら極刑はやむをえないと思いますよ」

齋藤弁護士は糖質ゼロ飲料を一気に飲み干して、ゲップとともに言い放った。

「なにしろ本人がまったく反省していないんですから。犬が悪い、飼い主が悪い、車をよけきれなかったやつらが悪い、追いかけてきたパトカーが悪い、社会が悪い、親が悪い、貧乏が悪いって、完全に被害者気取りだからね。あれじゃ更生の可能性はまあ、ないし」

そんなこと、仮にもメディアの人間に言っちゃっていいのかと思ったが、同時にそりゃ、弁護士だってそういう気分になるだろうな、と納得した。磯崎の悪名が高まった理由は、犯した罪の強烈さもさることながら、責任逃れがあまりにも見苦しかったためだ。

彼は犯行時に泥酔状態だった、と言い、血中アルコール濃度と犯行直前まで一緒にいた同僚の証言でこれが否定されると、今度は脱法ドラッグをやっていた、と主張した。こちらが薬物検査で否定されると精神鑑定を持ち出し、これもまた正常と判断されるや、パトカーの追跡方法に問題があったからバスに追突したのであって、死者五人のうちふたりの死には責任がない、殺したのは三人なんだから死刑は重すぎるだろう、と言い出した。八十歳になる磯崎の父親が「世間に申し訳がない」と自宅物置で首を吊ると、その父親から虐待を受けていた、という上申書を提出した。

少年ならまだしも、五十を超えた男にこんな真似をされたら、遺族や被害者でなくても、いい加減にしろよ、とわめきたくなる。現に、日本中がそう叫んだわけで、死刑判決が下りた直後、磯崎を乗せた護送車には野次馬からいろんなものがぶつけられたそうだ。

そんな男に、ファンレター。さらに私は公開された磯崎の顔写真を思い浮かべ、ありえない、と思った。あんなやつにこんな手紙を書く人間は、物好き、変態を通り越して、サイコパスの域に達している。

「それでこの、差出人の山本優子《やまもとゆうこ》という女性の素性をお知りになりたいわけですね」

「そう。名前はあるけど、住所はないでしょう。消印は調布《ちょうふ》だけど、こんなありきたりの名前じゃ探し出すのもたいへんだ」

「磯崎に渡すんですか、この手紙」

「ホントにたんなるファンレターなら渡さないわけにもいきませんが、いろいろ考えてると心配になりまして。アメリカなんかじゃよくいるでしょう。死刑囚や終身刑の囚人と文通したり、そこに髪の毛なんか入れて送らせて、ネットで販売したりする……」

「死刑囚グルーピー、ですか」

「それそれ。結婚したり、手紙を出版したりしてメディアに出て顔と名前を売って金にしようとか。まあ、日本にはその手の記念品に大金をはたくほどの犯罪マニアのマーケットはないし、逆に死刑囚と結婚したりすれば、損害賠償請求の対象になりかねないだけで、儲かりはしないはずですが」

齋藤弁護士は言葉を濁した。

「ともかく、どういう人物なのか一応、身元をおさえておきたいわけです。まかり間違って被害者の関係者だったり、独占インタビューを狙っている人間だったりした場合、あとでややこしいことになると……私の立場もありますから。で、おたくの編集長に相談したら、きみなら調べ上げてくれると推薦されました。その代わり」

このネタはうちで使っていい、ということだ。

私は現在、『日本の犯罪者たち』というムックのシリーズにたずさわっている。阿《あ》部定《べさだ》、光クラブ、帝銀事件、下山《しもやま》事件、グリコ・森永《もりなが》、大久保清《おおくぼきよし》に連合赤軍、三億円事件などといったメジャー級の犯罪事件の資料をわかりやすくまとめ、本体価格一二〇〇円、A5判サイズで出版した。類似本の多さを考えると、まずまず売れたほうで、昭和の事件簿十二冊を刊行したのち、目下平成編を企画・製作中である。

とはいっても、すでに半ば歴史になってしまった昭和編にくらべ、まだ関係者の傷も生々しい平成編をまとめるのは思っていた以上に難しい仕事だった。係争中の裁判も多いし、時効も廃止されたし、発生当初にメディアからセンセーショナルな扱いをされたことから取材お断りの関係者が大多数。とりあえず今回は『車にまつわる事件』といった大きなくくりにして、各事件の扱いは小さくしたものの、このままでは当時の新聞雑誌記事の総集編のような、どうでもいい本ができあがるにちがいない。

そういう意味でこのファンレターは、磯崎保事件の記事に、面白い彩りを添えることになるかもしれない。個人的には吐きそうだが。

歓談室の片隅にある機械でファンレターのコピーをとって齋藤弁護士と別れ、ケータイの電源を復活させながら私は席に戻った。建ってまだ十年の新館にいたときには気づかなかったのだが、実録ムック部門のある旧館の窓は、雨風でみしみし音を立てていた。記録にないほどの超大型台風が近づいているとかで、東京は先駆降雨帯の襲撃を受けつつあるのだ。

コンビを組んでいるライターの南治彦《みなみはるひこ》が、片隅にある応接セットのソファにだらしなく座り、けだるげに窓を見ていた。何年着ているのかわからないカーキ色のジャケットにジーンズというおなじみの服装。実はかなりの乱暴者だが、妙に肌がつるんとして白いから、御しやすそうに見える。一度、編集長に「南はおまえさんに気があるんじゃないか」と言われたことがあった。冗談に違いないが、寒気がした。

私に気づいた南は、表情の読みとりにくい細い目をこちらに向けた。かたわらに付箋紙のついた資料がうずたかく積み上げられている。

「仕事は？」

問題のファンレターを渡すと、南は一読して鼻で嗤《わら》った。

「雷警報が解除されるまで、パソコンは止めた。旧館だからねえ。なんだい、これは」

「磯崎保へのファンレターだけど」

「使えないね」

南は切って捨てた。

「使えない？」

「ダメ。全然ダメ。面白くもおかしくもないうえに、本文には磯崎のいの字もないじゃないか。これじゃ、どこの誰にあてたんだかわかんねえよ」

南治彦は引用した文章を、構成を入れ替え、言葉尻を変え、特徴的な言語を別なものに言い換えて、コピペがばれないように作り替える天才である。実を言えば、今回のムックにも過去の出版物からこうしてパクった文章が随所にちりばめられているのだが、どこからも苦情は来ていない。著作権がやかましくなる一方で、他人の文章をまるごと自分の署名記事にうつしてけろっとしている人間が増え、盗作問題が横行する昨今、南は貴重な存在だ。

そんな相方の言うことだから、説得力があった。私はファンレターのコピーを机の上に放り投げた。無用な仕事が増えただけ、ということだ。

「こんなもんより、ネットで面白いの見つけたよ。〈死ねない男〉ってんだ。ねえ、ケータイ鳴ってるよ」

開いてみて、自宅からだとわかって閉じた。電源を入れたとたんにこれだ。南の目がちらっと私の顔とケータイを往復した。

「出なくていいのかよ。お母さん、具合が悪いんだろ」

「本人はそう言ってる。それで?」

南は視線をそらし、話を続けた。

「磯崎がバスに激突して、運転手と乗客が死んだだろ? 他にも怪我人が大勢でたんだけど、足の小指を骨折しただけですんだラッキーな男がいた」

「運がよかったね」

「それがこの男、前にも首を吊ったら縄が切れたり、青酸カリを飲んだのに腹痛だけですんだり、マンションの屋上から飛び降りたら二メートル下のバルコニーに落ちたりして助かってる。で、ついたあだ名が〈死ねない男〉」

「ホントか、その話」

「裏をとるのはオレじゃなくって、リサーチャーの仕事。磯崎事件のコラムにちょうどよくない？　親からもらった名前がよかった強運の男、みたいな囲み記事にするってどうだろう」

「なんて名前、その〈死ねない男〉」

「福富大吉《ふくとみだいきち》」

2

正午をすぎると雨雲が通り過ぎて、雲の間から青空が見えるようになった。

磯崎事件が起こった多摩川べりを行くと、広報車や消防車と何度も行きあった。徐行しながら、多摩川が警戒水位に達するより前に避難するようにと呼びかけている。史上最強の台風上陸までまだ何十時間もあるはずだが、すでに警戒を強化しているとみえる。

ムリもない。すでに多摩川は先ほどの雨による影響か、濁り、水嵩《みずかさ》も増えて、いっもの穏やかな姿を一変させていた。このあたりは五年前にも浸水を経験している。その時のことはよく覚えていた。家の前にあるマンホールのフタがはずれ、まるで噴水のように水があふれてきた。窪地にある我が家には汚水が流れ込み、一階は汚泥につかってひどい有様だった。母の依存心はあれ以来、どんどん強くなっていき……。

ケータイが鳴った。早く帰れという母親からだった。

仕事だ、仕事。

手短かつ強引に通話を終わらせた。台風がひとを怯えさせている。

ネットで調べた福富大吉の住所は、この現場から比較的近い場所にあった。問題のバスはこの付近を周回して駅に向かう。事件の日、福富大吉は家の近くからバスに乗り、駅のロータリーに到着したことにも気づかず最後部の座席で寝込んでいた。到着と同時に降りようと運転席付近にいた気の早い乗客が磯崎の犠牲になったことを考えると、この一件だけなら〈死ねない男〉とは言い過ぎという気もする。

考えてみれば、このバス以外の福富のエピソードはすべて「自殺の失敗」だ。福富大吉という名前についい爆笑してしまい、南の示唆にのってリサーチを引き受けたが、自殺未遂を繰り返している男に会わねばならないと思ったら、なんだか気が滅入ってきた。

家に帰るよりましだと自分に言い聞かせ、駅前に引き返した。

問題のロータリーを見おろすカフェの席で、福富大吉は待っていた。布袋《ほてい》様か大黒《だいこく》様みたいな中年男を想像していたのに、実物は痩せた若い男だった。Tシャツと長袖シャツとグレーのパーカというありきたりの服装で、ぼろぼろの黄色いショルダーバッグを脇に置いていた。よく言えば、陰がある。はっきり言えば、華も覇気もないタイプだ。

ただ、福富大吉は本名だった。こちらが言い出すまえに運転免許証を見せられたので、それは間違いない。

「別に面白く書こうと思ったわけじゃないんす」

福富は頬のこけた長い顔をうつむけて、ぼそぼそと言った。

「誰も読まないの前提でブログ書いてただけなのに、なんか、ウケちゃって。なんでウケるんすかね。ひとが死にかかっては助かる話って、面白いすか。イヤな話だと思うんだけどな」

「確認しますけど、首を吊ったらロープが切れた……？」

「ロープじゃなくて、荷物とか梱包するのに使うブルーの幅広のテープみたいなヤツっす。丈夫そうに見えたんだけどな」

「それをどこにかけたんです？」

「カーテンのレールに。他にかけるとこなんかなかったし」

いくら瘦せていても、それでは自殺が成功するはずもない。

「で、次に青酸カリを飲んだんですね。どうやって入手したんです？」

「うちの納戸に死んだひい祖母《ばあ》ちゃんの遺品があって。ガキの頃、ひい祖母ちゃんが戦争の後のジケツ……？　それのために配られたんだって、見せてくれたの思い出して。ひい祖母ちゃんの文箱の中にまだあるかと思って探したら、それらしい紙包みが見つかって」

「それ、ホントに青酸カリでした？　ただの胃薬だったのかも」

「〈青酸カリ〉って書いてあったし」

ひい祖母ちゃんの冗談だったという可能性もある。本物だったとしても、紙にくるんであったのなら、とっくに分解していただろう。

「それで、飲んでどうしました」

「全然効いてこなくて。青酸カリって即効性があるはずじゃないすか。おかしいな、と思ってるうちに何時間もたって。そしたら腹が痛くなってきて。救急車を呼びました」

思わず福富の顔を見たが、ふざけている様子はなかった。

「……医者に叱られたでしょう」

「はあ。不思議ですよね。客が増えて、商売繁盛なのに、なんで怒るんすかね。そのあと、飛び降りて足くじいて行ったときも、なんかぐちゃぐちゃ怒られましたよ。治療費はちゃんと払ったのに」

この男をコラムにとりあげるなんてありえないな、と思った。実名もろともなら面白がられるかもしれないが、それはできまい。

興味がさらにそぎ落とされ、私はしらけた気持ちで会話の接ぎ穂を探した。

「それにしてもあなた、なんだってそんなに死にたいんですか」

「鬱になったし、仕事クビになったし、親はうるさいし。いろいろあるけど……いちばんは、彼女にふられたことかな。突然、いっさい連絡とれなくなっちゃったんす。病院から電話したんだけど、おつなぎできませんって言われるばっかりで」

「病院？」

「だから、バスの時」

福富は、頭悪いなあと言わんばかりにこちらを見た。

「親に頼むと面倒だし、ユーコなら車持ってるし、だから何度も電話したんすよ。でも前の晩から通じなくって、結局それっきり。足の小指の骨折って、みんな笑うけど、意外と大変なんすよ。松葉杖使わないと歩けないし。ようやく歩けるようになって、彼女の家にも行ってみたけど、親に追い返されました。もともとあのオヤジはボクのことよく思ってなくて。高校の国語の教師で、すっげえカタブツなんすよ」

話が彼女のことになると、福富は放っておいてもよくしゃべった。

「ボクと彼女、中学の同級生で。ボク、中学の時に引きこもりになって。で、彼女がうちに訪ねてきてくれて、励ましてくれて、社会復帰したんす。彼女も家や家族が嫌いで。なんか、ものすごいわがままなお祖母さんに介護が必要で、母親が耐えかねて弟つれて家から出て行って。んで、彼女が母親の代わりにお祖母さんの介護とか父親の世話とかしなくちゃなんなくって。だから五年前、結婚しようって言ってたんすよ。一緒にどっか行こうって。なのにいなくなっちゃうんだもんなあ」

「ちゃんと探したんですか」

「友だちに訊いてもみんな知らないって。家に行ってみたって言ったっしょ。オヤジが娘は出て行ったって、それ言われたら探しようなんかないじゃないっすか」

最近の若いのは。日頃、絶対に使うまいと決めていたセリフが口からこぼれ落ちそうになった。結婚まで考えていた女性が蒸発したというのに、なんとあっさりしていることか。

「心配じゃないんですか。捜索願を出すとか、なにか」

「捜索願は他人じゃ出せないし、出せたって別にケーサツが探してくれるわけでもないし。探偵雇う金なんかあるわけないいし。もう、どうしようもないっすよ。そいで、仕事も手につかなくなって、クビで、いつまで家でゴロゴロしてるんだって親はうるさいし、だからがんばって死のうとしてんのに死ねないし」

福富大吉は大きなため息をついた。努力の方向性が間違ってることを、どうやったら理解させられるんだろうと考えて、なにも私が教えてやる必要はないことに気がついた。

「だけど、そのユーコさん、でしたっけ？　お友だちも居場所を知らないなんて不思議ですね」

「居場所どころか連絡もとれないって。まあ、ユーコも友だち少ないから。でも、市役所に婚姻届取りに行ったりして、五年前は結婚に前向きだったんす。あ、これ、ユーコっす」

差し出されたスマホの画面には、古めかしいフィルムタイプの一眼レフを構えた若い女が八重歯を見せて笑っていた。この魅力的で自信にあふれた女性が福富大吉と並んでいる姿を想像しようとしたが、できなかった。

「きれいなひとですね」

「あ。疑ってるっしょ。こんな美人とオレみたいなのが結婚なんてありえないって」

福富大吉はムキになった。

「ホントっすよ。上北沢あたりの不動産屋めぐりもしたし、名字がヤマモトから福富に変わったら運勢はどうなるのか、姓名判断の本とか一緒に立ち読みしたんすから」

私は口元まで運びかけていたカップを戻した。

「ちょっと待って。その彼女の名前……」

「だからユーコ。優しい子と書いて、山本優子」

3

山本優子から磯崎への手紙の消印は調布だった。福富大吉と中学の同級生だというなら、山本優子が調布市民であっても不思議はない。ただ、手紙の山本優子と、五年前に消えた福富大吉の彼女が同一人物かどうか。齋藤弁護士の言うとおり、ありきたりな名前だ。

そう思いながらも、福富に教えられた山本優子の家を訪ねることにしたのは、母からまた電話が来たからだ。早く家に帰れ、いつまでわたしをひとりにしておく気かとなじられて、近くでもあり、一度は戻ろうかと思っていた気が失せた。

五年前の床上浸水以来、母は繊細な自分の神経がやられたと思いこみ、やれ重いものが持てない、外に出られない、あっちが痛いこっちが苦しい、昼間ひとりで不安だと、まるで重病人気取りだ。そのせいで耐震工事、ホームエレベーターの設置、大量の防災用品と散財させられどおしなのに、さらに警備会社と契約しろと言い出している。これだけ備えたのだ、万一の際にはひとりで対処してもらいたい。

教えられたとおりに進むと、山本優子の家はすぐに見つかった。少し、福富を見直した。調布の道は藪知らずといわれ、長く住んでいる私でも、道に迷うことがある。広い家だった。道からは屋根しか見えないほど白く高い塀に囲まれているうえ、入口が巧妙にカムフラージュされていて、わかりにくいところに表札があった。塀の内側には糸杉らしい樹が塀よりも高くそびえ立っている。

城塞、というありふれた感想を抱きながら周囲をひとまわりした。西側にまわったとき、あたりの景色に既視感を覚えた。

なんだっけ……。

二軒先に、今にも倒れそうな木造家屋があった。ぼさぼさで崩れかけた生け垣、トタンの壁には変に立派に見える電気メーターがついている。山本優子邸とは対照的な代物だ。

見覚えがあるのも道理、磯崎保の家だった。ワイドショーの画面や雑誌の誌面で何度となく目にしていたのだ。

磯崎保はこの家で生まれた。幼い頃、母親が急死。それから父と子、ふたりだけの生活が続いた……磯崎が事件を起こすまで、五十年以上も。父親は河川事務所に勤め、息子は建築会社で地道に働いていた。評判も悪くなかった。どちらも結婚しなかったのが不思議といえば不思議だが、周囲はあまり気にしていなかった、というよりそんなこと知らなかったようだ。

東京の郊外の、ややへんぴな住宅街では、隣近所とのおつきあいといえば挨拶を交わす程度。境界争いとか、猫問題とか、大声あげての家庭内暴力とか、そういったよっぽどのことでもないかぎり、ご近所さんには無関心で通す。隣の家のおじさんが結婚しようがしまいが、興味ないのが普通だろう。

しかし、目と鼻の先とは。

ことによると、あの山本優子はこの山本優子で、幼い頃から顔なじみだった磯崎保に彼女が味方している、あの手紙が書かれた理由は死刑囚グルーピーでもなんでもなく、ただそれだけ……かもしれなかった。

磯崎保の父親が死んでから、磯崎宅は無人になっているはずだ。現に電気メーターは止まり、敷地内には空き缶や煙草の吸い殻が散乱している。茶色く変色した丸首シャツが、軒下にぶら下がったままになっていた。気のせいか、異臭がしてくるような家だった。

「自殺した人が出たってだけで、いささか気味が悪いんだが、もっと現実的な怖さもありましてね」

山本優子の父親は高校を定年退職し、現在は公民館で書道を教えるボランティアをしていると言って名刺をくれた。自筆とおぼしき毛筆を印刷した名刺だった。大学でくずし字講座を受講しようとして挫折した私には〈山本忠信《ただのぶ》〉と読めたが、確認する勇気はなかった。

「地震も多いし、放火も珍しくない。あんな家、マッチ一本で簡単に燃え上がりますよ。早く取り壊して更地にして欲しいと、近所の有志で市役所にかけ合ったんですが、らちがあきませんでした。いくら殺人犯でも、遺産めあてに親を殺した訳じゃないから、あの家屋と土地は磯崎保が相続したそうです。このあたりは交通の便がそれほどいいわけじゃないし、あんな上物が乗ってれば買い手がつくとも思えませんが、手放す努力くらいはして、被害者に賠償金を払うべきじゃありませんかねえ。そのあたり、本人はどう言ってるんです？」

「さあ。よろしければ、磯崎の弁護士をご紹介できます。ただし、刑事弁護士なので、家屋の処分についてなにかできるかどうかはわかりません。磯崎本人に話を通すことくらいはできると思いますが」

「そりゃありがたい。きっと、その弁護士さんなら磯崎の家に出入りできますよね」

「はあ、たぶん」

「よろしくお願いしますよ。あ、コーヒーをどうぞ」

山本忠信は血色のいい顔をほころばせた。門前払い覚悟でチャイムを鳴らした得体の知れないメディアの人間を、奥へ通してコーヒーのサーヴィスまでしてくれるとは、よほどの世間知らずか好人物、他人との会話に飢えた寂しがり屋、さもなければなにか魂胆があるはず。今のところ、忠信がどのカテゴリーに入るのか、見当もつかない。

私はコーヒーを味わいながら、周囲を見回した。

仕事柄、いわゆる豪邸におじゃまして、とんでもなく贅沢なリビングに通されることもまれではないが、この山本邸のリビングはこれまでに見てきたなかでも五本の指に入る広さだった。ただし、なにか中途半端な印象を受けた。

豪邸のリビングには二種類ある。モデルルームのようにセンスよく仕上げられたままの部屋と、そうしようとつとめたものの、暮らすうちに主一家の個性がはみ出してきて、生活感があふれてしまった部屋。後者の場合、子どものオモチャと、土産の民芸品と、親戚からお祝いにもらった油絵と、マッサージチェアが、高価なソファセットの隙間を埋め尽くしている。マッサージチェアに犬の毛だらけのリラックマのバスタオルがかかっていれば、完璧だ。

山本邸のリビングにも、古くて立派な革のソファがあった。購入当初は数百万はしただろう。足下にはペルシャ絨毯。縁がほつれてきているものの、密度の高い織りの、これまた一級品だ。天井からはシャンデリア。クルミ材のディッシュ・クローゼット。三十年前の豪華を絵に描いたようなリビングだ。

しかし、それ以外にはなにもなかった。鉢植えも、時計も、骨董品もなにもかも。書道教室で教授をしているくらいなら、自筆の書くらい飾ってあっても不思議はないと思われるのに、玄関にも薄暗い廊下にも、家族写真一枚見あたらなかった。潔いほどすっきりした家なのに、部屋全体に湿った空気がよどんでいた。

「失礼ですが、いまはこちらにおひとりで？」

「三ヵ月前に母を亡くしましてね。ええ、いまはひとりです」

「つかぬことをお尋ねしますが、優子さんというお嬢さんがいらっしゃるとか。彼女は、いま、どこに？」

「なぜ、そんなことを訊くんですか。あなたは磯崎保の事件を調べてらっしゃるのでは？」

私は例の手紙のコピーを出して見せた。山本忠信は一瞬、ぎょっとしたような顔をして、さっと目を走らせ、太いため息をついた。

「お恥ずかしい話ですが、五年前に出て行って以来、音信不通です。死んだ母というのが、病気のせいもあって少々、気むずかしいところがありまして。最初に妻が息子をつれて出て行って、優子は母の世話をしてくれていたんですが、嵐の晩にぷいと出て行ってしまった……そう思ってました」

「と、おっしゃいますと」

「正直に申しますと、優子がいなくなったことで、母の世話はひとりですることになりました。正直、母が死ぬまでの五年間、ゆっくりなにかを考える余裕もなかった。

自分ひとりが背負い込むことになって、優子のことも、妻や息子のことも、恨んでいたのかもしれません」

山本忠信は引きつったような笑みを見せた。

「とにかく、娘がいなくなったというのに、心配もしなかった。日々の雑務に追われるだけで、精一杯だったんです。ですが、母が死んで、一段落すると、急に優子のことが思い出されてきた。福富くん、でしたっけ。家を出るなら彼と一緒だと思ってました。なのに一緒ではないし、妻にも連絡をとってみたのですが、五年前から優子とは会ってもいないし電話もないという。遅ればせながら、捜索願を出しにも行きました。警察の人にはイヤミを言われましたが、もしや身元不明の無縁仏になっているんじゃないかと思いまして」

「嵐の晩に出て行ったからですか？」

だからといって、いきなり死んでいる心配をするか。そんな思いが顔に出たと見えて、山本忠信はソファにもたれかかって、こちらをにらむように見た。

「そうじゃなくて……あなたは、磯崎保がなぜ事件を起こしたと思いますか」

「とおっしゃいますと」

「だからなぜ、ですよ。五十年以上も問題ひとつ起こしたことがない、薬物にもアルコールにも精神疾患にも無縁だった。それが、いきなり犬と女性をひき殺したのはなぜだと思いますか」

早朝まで飲みもしないのに同僚につきあい、家のごく近くに車を停め、帰宅せずに仮眠をとっていたあたりから察するに、磯崎にもいろいろとストレスがあったはずだ。おそらくは、父親が原因の。善悪の区別がつかなくなるほど心を病んでいたわけではないにしても、犬に吠えたてられたというようなささいなきっかけでたまりにたまった不満が爆発し、ぶち切れてしまった……そう考えることに、なんの不思議もない。

私がそう言うと、忠信は不満そうに首をかしげた。

「そうでしょうか。私にはほかになにかもっと明快な事情があったような気がするんです」

「なにがおっしゃりたいんでしょう」

「つまり、毒を食らわば皿まで、というか……」

わかるだろう、と言いたげな顔つきに、私は気づかないふりをした。忠信は歯切れ悪く言った。

「いや、つまりですね、優子は子どもの頃から磯崎の家には出入りしていました。知ってますか、あの家には地下室があるんです。磯崎保は写真をやるんで、暗室代わりに使ってたはずです。優子も写真が趣味で、そんなこともあって、磯崎とはそこそこ親しくしていたわけなんです」

近所に磯崎のような男がいたら、私なら娘を近づけたりしない。殺人を犯す前だろうと、後だろうと。

「地下室についてご存知ということは、あなたも磯崎家に出入りを？」

「いえ、娘から聞かされただけです。入ったことはありません」

「一度も？」

「はい」

山本忠信はなにかを期待するようにこちらを見た。私はなぜか、絶対に、この男の希望をかなえてやりたくないと思った。

「話は戻りますが」

私は手紙のコピーを指で示した。

「これを書いて娘さんの名前で送ってきたのは、山本さん、あなたですよね」

4

調べ物と依頼をいくつかすませ、齋藤弁護士の事務所にたどり着いたときには日が落ちかけていた。テレビドラマに出てきそうな、趣のあるタイル張りの、昭和初期風のビルの五階に、事務所はあった。エレベーターはなく、石造りの階段をあのふくよかな弁護士が毎日上り下りしているかと思ったら、こちらまで息が切れた。

齋藤弁護士は報告を聞いて目を丸くした。

「いったい全体、どういうことなんでしょうか、それは」

齋藤弁護士は窓を閉めようと奮闘しながら言った。風が強くなってきていた。丸い身体の齋藤弁護士が全体重をかけて窓を引き下ろそうとしているのに、なかなか閉まらない。上下スライド型の窓も今では珍しい。

「要するに、山本忠信は娘が磯崎保に殺されたんだと言いたいわけですよ」

「どういうことです。山本優子なんて被害者はいませんが」

「山本優子がまだ誰も知らない磯崎の最初の被害者だと、彼は必死に暗示していました。事件の前日、優子さんとの連絡がとだえた。磯崎は直後に事件を起こした。つまり、優子さんを殺してしまい、自暴自棄になった磯崎が大量殺人にいたったと、山本忠信は暗に主張しているんです」

「そんなバカな」

「そう思います？」

「思うに決まってるでしょう。たまたま失踪時期と磯崎事件が重なって、双方がご近所さんだったというだけで、どうしてそうなるかな。磯崎事件の前の日、あのあたりは台風で出水があって、たいへんだったんですよね」

「そうです」

私はわが家の惨状を思い出してうなずいた。

「嵐の晩に出ていったんなら、マンホールにでも落ちて、そのまま増水した多摩川で流されたってほうがまだありうる。そうじゃありませんか」

「山本忠信はそう思ってほしくはないようでした」

「なぜです」

私は答えずに、事務員が運んできた茶をすすった。齋藤弁護士は苛立って、

「ともかく、五年もたってからそんなことを言い出すなんて、非常識じゃありませんか」

「言い出してはいませんよ。ほのめかしているだけです。だから娘の名前で磯崎に手紙を送るなんていう、まわりくどい方法をとったんです」

「わからないなあ」

ようやく窓を閉め終わると、齋藤弁護士は額に浮き出た汗をくしゃくしゃになったハンカチで拭った。

「あんな手紙で山本優子が殺されているとどうやったら立証できるっていうんだろう。そもそも、死んでいるのか生きているのか、それすらわかってないんでしょう？」

「そうです」

「なのに娘は死んでいると」

「そこはゆるぎないみたいですね」

「おかしいんじゃないの、そのオヤジ」

すっかり地が出た齋藤弁護士に、私は笑いかけた。

「どうおかしいのか、ご興味がありますか」

私たちは磯崎保の家の前に立った。日が暮れて、風はますます強くなり、時折雨粒が頬をたたいてくる。木造腐りかけの磯崎家は、今にもがらがらと崩れ落ちそうだった。

「私もどうかしている」

齋藤弁護士は鍵を取り出しながら、悪態をついた。

「ダイエットのしすぎで頭に血がまわってなかったんだ。ホントなら、いまごろはデパ地下で総菜買って、家に帰って乾いた服に着替えて、オットマンに足をのっけて、ショップチャンネルでも見てるとこなんだ。だいたい、なぜ私が痩せねばならんのだ。私は中肉中背だってんだ」

独り言をこぼすあいまに鍵が開いた。ドアを引き開けると、めくれかえったペンキがぱらぱらと落ちた。

覚悟していたほど、屋内は臭くなかった。私は懐中電灯をつけた。ネズミが走り回っているとか、カビだらけで床が傾いているとか、埃が堆積している——といったようなことはなかった。リフォーム番組にはこれよりもっと悲惨な住宅が登場する。長い間、人に住まわれていない家屋特有の、空虚なにおいがするだけだった。

私は靴を脱いで、あがった。ぶつぶつ言いながらも齋藤弁護士も入ってきた。

「その右側が磯崎保の部屋だ。廊下を進んでつきあたりが茶の間。その右が父親の部屋だった。父親の部屋と磯崎保の部屋の間には納戸があります。水回りは全部左側にまとまってますよ」

「なぜ、ひそひそおっしゃるんです?」

「なんとなく。ていうか、懐中電灯のせいだ」

私は左手のドアを開けてみた。服を脱ぐのも一苦労のはずの狭い脱衣所に、全身つかったら最後、脱出にはトリックが必要になるんじゃないかと心配になるほどかわいらしい浴槽。

家全体を見て回るのに、五分とかからなかった。

「磯崎の父親は、どこで首を吊ったんですか」

「それなら外の物置ですよ」

齋藤弁護士はあっさり答え、奥を指さした。私は懐中電灯を照らしながら、茶の間を横切り、弁護士の指示にしたがって雨戸を開けた。長いこと開け閉《た》てしていなかったわりに、雨戸はスムーズに開いた。

庭に、トタン囲いの低い小屋のようなものがあった。裏の家からの明かりに浮かび上がっているそれは、ちょっと見には立派な犬小屋に見えた。

「あの下の土を三メートルほど掘り下げて、四畳間くらいのスペースが作られてるんです。建築会社に勤めていた磯崎が休みの日と職場の廃材を利用してコツコツ作ったんで、見た目よりも中はしっかりできてますよ。だから首吊りに利用したんだろうけどね。縄をかけるのに頃合いの横木もあったことだし」

「しかし、あんな場所で首を吊ったのに、よくすぐに見つかりましたね」

「戸が開けっ放しだったからね。約束があって訪ねてみたら、玄関の鍵もかかっていなかった」

「ということは、父親の自殺体を発見したのは齋藤先生でしたか」

「そういうこと」

齋藤弁護士は煙草を取り出して、強風の中で苦労して火をつけた。

「磯崎が父親に虐待されていたって上申書を提出したのは知ってますか」

「はい」

「ホントの話ですよ」

弁護士は煙を吐き出しながら、言った。

「言い訳ついでの嘘に聞こえるだろうけど、正真正銘真実です。あれ、見えますか」

指さされたほうに光を向けると、柱が見えた。下の方にひどくはっきりした傷が残されている。

「磯崎は子どもの頃からたびたびあの柱に縛りつけられていた。納戸に閉じこめられて、食事を与えられず、殴られたり蹴られたり、そんなことが何年も続いた。母親の急死というのも、どうやら父親によるＤＶが原因だったようですね。その恐怖から、長じても磯崎は父親に隷属していた。父親はことあるごとに磯崎をいびり、責めた。磯崎は父親に言い訳して、言い訳して、言い訳して、暴力をやり過ごし、生き延びた」

齋藤弁護士は携帯灰皿に吸い殻を押し込んだ。

「今朝、お話ししたように、磯崎保は極刑でもやむをえないと思ってます。それでも、あの男が最悪の人生に閉じこめられて、怯え、人の顔色をうかがい、息をひそめ、身を縮めて生きてきたのは事実です。それに、どんな悪党で、社会のクズで、最低の人間でも、やってもいないことで責められるのは間違ってます」

「おっしゃるとおりですね」

「じゃ、いいかげん、山本忠信がなぜ娘を磯崎保に殺されたと言い張っている……いいえ、ほのめかしているのか、その理由を教えてもらえませんかね」

「あの中を見れば、わかるんじゃないかと思うんです」

私は物置を指さした。齋藤弁護士はうんざりしたようなため息をついた。

「雨、強くなってきてますよ」

「また出直すというのも面倒でしょう」

私は玄関にとって返し、パンプスと革靴をとってきた。齋藤弁護士はさらに口の中で悪態をつきながらも、ついてきた。

戸には小さな南京錠がついていて、一瞬ひやりとしたが、観音開きの一方にだけついていたので錠としての役割をはたしていなかった。何度か力任せに引っ張ると、戸はやがてきしみながら開いた。

肩越しに中をのぞきこんだ齋藤弁護士が、うぐっと言って後ずさった。ここにはイヤな臭いが充満していた。人間の自己防衛本能を刺激する、あからさまに恐ろしい臭いが。

私は生唾を飲み込みながら、懐中電灯であたりを照らした。手作りらしい、質素なデスクと中央の太い柱、カメラが数点、引き延ばされた写真。片隅には大きな衣装ケースがあった。

それしか考えられなかった。

迷っていては、ますます身体が動かなくなりそうだった。私は懐中電灯を齋藤弁護士に渡すと、思いきって中に飛び込み、階段を駆け下り、衣装ケースに飛びついて、蓋を開けた……。

止まらない悲鳴、止まった思考、実物は予想よりおぞましかった。茫然とする私の目を、まばゆい光が射た。

「こら、あんたらなにやってるんだ。……なに？　あんたこそって、なんだ。怪しい男女がこの家に入り込んだという通報を受けて来たんだ。ここでなにをしてるのか、答えてみろ」

いまどきの警察官が、これほど頭ごなしに怒鳴るのは珍しい。にもかかわらず、その罵声をありがたいと思ってしまうのはどうなんだろう、と思いつつ、私は身体をずらして衣装ケースの中の死体を警官に見せた。

5

台風が来るまでまる一日以上もあるはずなのに、パトカーから警察署に駆け込む間にずぶ濡れになった。

会議室に通され、廊下で買ってきた温かい飲み物をすすり、人心地がついた。しかし、それから待たされた。齋藤弁護士は居眠りを始め、私は南治彦に連絡して簡単に事情を説明した。南は興奮していた。すぐ行くと繰り返した。来るなと説得しなくてはならなかった。

やっとのことで電話を切ったとき、会議室の扉が開いた。山本忠信が目を輝かせて駆け込んできた。

「いやあ、ありがとうありがとう」

彼は私の手を握って、上下に強く振った。

「これで優子も浮かばれます。あなたなら調べてくれると思ってたんだ。あんな手紙を送りつけて、ご迷惑をかけて、申し訳なかったかもしれないが、心から感謝します」

私は目をさました齋藤弁護士を忠信に紹介した。山本はなおもしつこく謝辞をまくしたて、弁護士の手も握ろうとした。齋藤弁護士はあからさまにイヤな顔をして手を引いた。

「死体は骨になってたのに、よくお嬢さんのものだってわかりましたね」

「ああ、優子は八重歯でしたから。たとえ、骨になっていたって実の父親ですから、あれを見ればわかりますよ。それにしても、思った通りでした。優子が磯崎に殺されていたとはね」

「それはないですね」

私はそっけなく答えた。山本忠信の笑顔が凍りついた。

「……いま、なんと？」

「優子さんを殺したのは磯崎保ではありません」

「ですが、優子は磯崎の家で見つかったんですよ」

「山本さん、あなた、あの家に地下室があると、私にふきこみましたよね。まるで地下室を調べろと言わんばかりに。最初から、優子さんの死体があそこにあること、ご存知だったんじゃありませんか」

人の顔が赤くなったり青くなったりする、という表現を陳腐な小説などで目にしたことがあるが、実物は初めて見た。山本忠信は真っ青になって、唾を飛ばした。

「あんた、失敬だな。知っていたら、自分で乗り込んでましたよ」

「第三者に見つけさせたかったんですよね。あなたが見つけたのでは意味がない。だから山本優子の名前で手紙を書いた。あれは磯崎保に読ませたかったわけではなく、ここにいる齋藤弁護士に読ませたかったんでしょう。日本中を敵に回した磯崎保を応援するような手紙を書くのは誰か、興味を持たせたかった。自分のところにたどり着いてくれたら、誘導して、磯崎保の家を調べさせる。そして、死体を発見させる、というのがあなたが書いた筋書きだった。まあ、途中まではうまく行ったわけですが、あなたの誘導、わざとらしすぎましたよ。だから、いろいろ調べたんです」

　忠信のこめかみがぴくぴくと波打った。

「あなた、お金に困っているみたいですね。お母さんの治療費に大金を払い続けた上、そのお母さんが亡くなって家土地の相続税を支払ったら、ほとんどなにも残らなかったそうじゃないですか。一方で、娘さんには生命保険をかけていた。自動引き落としで五年間、そのままになっていたのを思い出した。五千万というのは、実の子にかける保険金として問題になるほど多くはないが、あればありがたい金額だ。でも、受け取るためには娘さんが死んだという証拠が必要になる。五年前に捜索願を出しておくべきでしたね」

　忠信の背後の扉がゆっくりと開き、磯崎家で顔をあわせた刑事が三人、音もなく室内に滑り込んできた。私は見ないふりで続けた。

「そうしておけば、どこかもっと差し障りのない場所に死体を遺棄できたんですけどね。五年目にしてようやく捜索願が出たと思ったら、すぐに娘さんが死体で見つかった。これじゃあなたがまっさきに疑われるし、保険のことも調べられる。だから、ない知恵を絞って、近所の殺人鬼のしわざってことにしようとした。でも、それ、大まちがいでした」

「どこが」

山本忠信の喉が、そう聞こえるように鳴った。

「あのですね、あの家に地下室はないんです。あれは物置です。地面を掘って作ってあるから、あなたはあれを地下室と勘違いしたんですね。そして、報道されたように、磯崎保の父親は物置で首を吊ったんです。わかりますか？　もし優子さんが磯崎に殺されていたとしたら、あんな場所に死体があるわけがない。首吊り自殺の現場になったときに、警察が調べたんだから」

私はあらためて山本忠信に向き直った。

「優子さんは磯崎保に殺されてはいない。では、誰に殺されたのか。答えは簡単ですよね。五年前、家を出て行こうとした優子さんに強い怒りを覚えた人物、周囲には家出したと言いつくろっていた人物、行方不明になっても捜索願を出さなかった人物、死体を移動した人物、つまり、あなただ」

山本忠信はぽかんとして、私と齋藤弁護士を交互に見た。それから、やにわに大きく手を振った。

「や、それは違う。違います。私が殺したんじゃありません」

「じゃあ、誰がやったと言うんですか」

「母です。といいますか、あれは事故だったんです」

山本忠信は唾を飛ばしながら言った。

「台風だっていうのに、優子は母をひとりで置いて出かけようとしたんです。信じられますか、母は車椅子だったんですよ。そんな母をひとり残して、彼氏のとこへ行くって。それで、母は怒って、ひどく怒って、ホームエレベーターから下りてきた優子に車椅子をぶつけて、そしたら優子が倒れて頭を打って。私は出かけていたし、車椅子の母は優子を放っておくしかなくて、エレベーターは地下に下りてしまって、そこに床上浸水が」

山本忠信は床にへたり込んだ。長い沈黙ののち、齋藤弁護士がつぶやいた。

「なんで警察に届けなかったんですか。そういうことなら台風の時の不幸な事故で片が付いたかもしれないのに」

「表沙汰にするわけにはいかないじゃないですか。母は悪くありません。それに自分勝手な娘に葬式なんか出してやることはない、死んだのも自業自得なんだから警察にも届けることなんかないって、母が。おまえは年老いた母親を警察に引き渡すのかって、母が。だから、そのまま、そのまま庭に」

腰が抜けてしまったような山本忠信を、ふたりの刑事が抱え上げるようにして部屋から連れ出していった。残った刑事は簡単に礼を述べ、名刺を出して私と弁護士に一枚ずつくれた。私たちも名刺を差し出した。

野副《のぞえ》という四十年配のその刑事は、顔をしかめて言った。

「ああは言ってますが、検視官の話じゃ、発見された白骨死体にはずいぶんたくさんの骨折が見られるそうですよ。死後折れたのかもしれませんが、生前のだとすると、車椅子のばあさんが若い娘さんを、そこまで痛めつけることができたかどうか、疑問ですな」

山本邸の広いリビングを思い返していた。車椅子が通りやすくするために、あんな殺風景な部屋になってしまったのか。それだけだろうか。

私は自宅を思い浮かべた。母は地震を理由に、高いところにあったものをすべて撤去してしまった。私が大切にしていたものを。かけがえのないものを。

ぼんやりと周囲を見回した。野副刑事と齋藤弁護士の会話がとぎれとぎれに耳に入ってきた。弁護士さん、このお名前はなんとお読みするんです。カホですわよ。齋藤果穂《かほ》、美しいお名前ですなあ。

私は自分の履いている革靴を見おろした。水を吸って縮んでしまった革靴。以前は娘がよくこの靴をみがいてくれたものだった。母が妻と娘を追い出してしまうまでは。

床上浸水にあって、カビくさくなった家に母は固執した。お父様の建てた家なんだから、長男のあなたが継ぐべきでしょう。だいたい、わたしが怖くて家から出られないの、知ってるじゃないの。

浸水が原因だったのか、娘は喘息になった。母はそれを自分に対する嫌がらせと受け取った。妻と娘は家を離れざるをえなくなった。私も一緒に出て行きたかった。実際、一度は出て行った。母はヒステリーを起こした。一日に何十回もメールをよこした。誰が自分の面倒をみるのか、と。ひとりではいられない繊細なわたしを見捨てるなんて許さない、だいたいどうやって生活しろと言うの、怖くて家から出られないのに。親戚や市役所に電話をして、息子夫婦が自分を見捨てた、餓死するとわめきたてた。

戻らざるをえなかった。落ちてきたら危ないからと、娘の絵も、妻と一緒に選んだ掛け時計も、なにもかもはずされた家に。休まることなどない、悪夢の箱に。

ホームエレベーターで、溺死。

いいことを聞いた……。

警察署の廊下を歩いていくと、テレビの画面が目に入った。天気図だった。日本列島に、これまでに見たこともないほど大きな円が、近づいてきていた。

本と謎の日々

有栖《ありす》川《がわ》有栖《ありす》

1959年、大阪府生まれ。同志社大学法学部卒。同大在学中より推理小説研究会に所属。卒業後も書店勤務のかたわらで創作活動を行い、89年『月光ゲーム』（創元推理文庫）で作家デビュー。94年、作家専業となる。2003年に『マレー鉄道の謎』（講談社文庫）で第56回日本推理作家協会賞、08年には『女王国の城』（創元推理文庫）で第８回本格ミステリ大賞を受賞。

七時半が近くなり、客足が途切れたのでレジカウンターの中でブックカバーを折っていた。電気スタンドを描いた版画をあしらったデザインも、〈華谷堂書店《はなたにどう》〉という書体も古風なもので、詩織《しおり》は気に入っている。店自体はまだ新しいのだが、あえてノスタルジックな味わいを出しているのだろう。

「すみません」

呼びかけられたので手を止め、「はい」と顔を上げた瞬間、「ぐふっ」と妙な声をあげてしまう。

ベレー帽をかぶった老人が、にっこり笑って立っていた。耳の孔《あな》から白い毛が生えていて、向かって右の前歯が欠けている。どう見てもお馴染みの金子《かねこ》だ。

——そ、そんな……。

驚きのあまり、詩織は心臓を鷲掴みにされたような気がした。

「注文していた本が入ったみたいなので、取りにきました。思っていたより早く入荷しましたな」

「は、はい。少々お待ちください」

平静を装いつつ、客注品を並べた背後の棚から『決定版・原色昆虫図鑑』を出した。

「ああ、これだ。ありがとう。手間だけど、プレゼント用に包んでもらえますか？」

包装は苦手だったが、なんとかきれいに包めた。精算をすませた金子が帰っていくのを見届けてから、雑誌売場の整理をしていた高校生アルバイトの杉下優真《すぎしたゆま》が走ってきた。店名が入ったデニム地のエプロンが、とてもよく似合っている。

「今の金子さんでしたよね。気がついたらレジの前に立っていたから、どきっとしました。橋立《はしだて》さんは平然としていましたけど」

「平然としてないよ。『うわあ』とか大声をあげそうだった」

詩織はムンクの『叫び』のポーズをしてみせる。

「生きてたんですね」

「お元気そうだったねぇ。おでこなんか、てかてか」

文庫の補充作業をしていた店長の浅井弘《あさいひろし》と詩織の目が合った。一メートル八十五を超す長身が、のっしのっしと大股でやってくる。二人のアルバイトが額を寄せて話していたので、何事かと思ったらしい。

「どうかしたの？」

詩織が説明をすると、浅井はやたら細くて長い首を掻《か》きながら、ふっと笑った。

「二人とも、そそっかしいにもほどがある」

「でも」優真が言う。「日曜日の午後、わたしが電話をしたらお経が流れてて、木魚がポクポクいってて、家族の人が『ちょっと取り込み中なんですけど……』って暗い声で言ったんですよ。あのお爺さんは奥さんを早くに亡くしてるって橋立さんから聞いてたから、誰か死んだんだとしたら本人だと思うじゃないですか。わたし、まずいところにかけちゃったなと思って、慌てて電話を切りました。で、橋立さんと『金子さん、亡くなったんだ。突然のことだね。お取り寄せした本、返品か』と言ってたんです」

店長は、またどこかニヒルな笑みを浮かべる。接客業をしているのに、明るい笑顔が作れない人だ。それを補うように、声は嫌みなく甘い。ラジオでムード音楽の紹介をしたら人気が出そうである。

「早計すぎる判断だな。二十歳と十八歳の若い諸君なら、いまどき自宅で葬儀をすることなんか稀《まれ》だと知っているだろう。お経と木魚がハーモニーを奏でていたんなら、そりゃ単なる法事だ」

「わたしの家では、法事にきたお坊さんは木魚なんか叩きませんけど」

優真が言うと、すかさず答えが返る。

「杉下さんとこの宗派は何？　浄土真宗か。あれは天台宗や禅宗や浄土宗の読経で叩くものなんだ」

――ただの法事だったんだろうな。金子さん、にこにこしてたから、家族に不幸があったとは思えないし。

詩織は納得した。確かに、優真も自分も早とちりをしていたようだ。

「お婆さんのご命日だったんじゃないか。三十三回忌とか三十七回忌だったのかもしれない。五十回忌ってことはないだろう」

そういう区切りで法要をするのか。店長だってまだ三十前で若いのに、色々なことを知っているものだ。

「僕は読書なんかしないよ」と言いながら本の知識もすごく広い。書店員が商品の中身に精通する必要はなく、ただ広く浅い知識があればいい、と考えているそうだ。浅井弘という名前を体現している。

「杉下さん、コミックの売場がちらかってるから片づけておいてね。行儀の悪い中学生が荒らしていったみたいだ」

「はい。しょうがないですね。最近の若いモンは」

おどけて作業に向かった。左右に揺れるポニーテールを見ながら、可愛いなぁ、と一人っ子の詩織は思う。自分もショートをやめて髪を伸ばしてみようかな、とも。

店長もレジカウンターに入り、注文短冊《スリップ》を整理し始めた。横に並ばれると、小柄な詩織との身長差がはなはだしい。

そこへ「どうもどうも」と手刀を切りながら、スーツ姿のお客がやってきた。上得意の小田島《おだじま》だ。いつも閉店時間が迫った頃にやってくる。

「どうも。頼んでた本、入っているかな？　おお、そこにあるわ」

「いらっしゃいませ。昨日、揃って入荷したんですが」

浅井は客注棚からしかるべき本を出してきて、カウンターに置いた。一冊が一万円近くもする『定本久生十蘭《ひさおじゅうらん》全集』のうちの三冊。

「申し訳ないことに、八巻と九巻は帯が破れたものが入荷しました。十巻は箱の角が傷んでいます。搬送中の事故のようです。こんなことはめったにないんですが。お時間をいただけるのなら美本を再発注いたします」

ぼそぼそとした張りのない声ではあったが、店長は丁寧に言った。この本の状態については、詩織も気になっていた。特にアレとかアレ関係の本を注文する人に多いのだが、うるさい客なら「こんな瑕物《きずもの》を売るつもりか」と怒りかねない。

「うん、これでかまわない。俺はそういうの、全然気にしないんだ。むしろありがたいぐらいだ」

小田島は財布を取り出した。解《げ》せない。

——むしろありがたい、ってどういうこと？

「ただね、この本は重いだろ。一冊ずつ持って帰らせてもらう。お金は先に払っておいていいよ」

「いえ、その都度のお支払で結構です。本当に申し訳ありません」

「気にしなくていいって。いつもありがとう」

仏様のようなお客さんだな、と詩織は思った。

いつもより深く頭を下げて小田島を見送った後、浅井はカウンターの上に残った二冊を後ろの棚に戻す。

「新しいのを注文し直しておこうかと思ったけど、その必要はなさそうだな。『むしろありがたい』とまでおっしゃるんだから」

「こっちこそありがたいけど、変ですよね。傷んだ本の方がいいだなんて不思議」

「何も不思議なことはない」

面白くもなさそうな口調だった。

「不思議ですよ。ちょっとミステリー」

詩織はミステリーのファンだから、ささいなことにも謎を見つけて楽しむタイプだった。

「小田島さんに限ってなら理解できる。お客さんのことを詮索するのはよくないんだけれど、あの人は恐妻家なんだ」

「ご本人から聞いたんですか？」

「僕の推理さ」

――おお、推理ときた。わたしの趣味に合わせてくれているのかな。

詩織は面白がる。

「どうしてそう推理できるんですか？」

「小田島さんは、お小遣いの大半を本に費やしているんじゃないかな。あのペースで買うんだから、家中が本だらけのはずだ。そういうのを嫌う奥さんは世の中にたくさんいる。『あなた、また本を買ってきたのね』と溜め息をつくんだ。――小田島さん、『注文の本が入ったことを報《しら》せる電話は無用だよ。店に寄った時に声をかけてくればいいから』と言うだろ。奥さんが本屋からの電話を受けたら、『また頼んだのかね』とか言われるからだろうな。下手をしたら、勝手にキャンセルされかねないのかもしれない。それを回避しようとしているところが恐妻家っぽい」

〈電話は無用〉というより、〈絶対しないでくれ〉と厳命されていた。

「さっきみたいに全集本を一冊ずつ持って帰るのは重いからもあるだろうけど、目立たないようにしたいんだよ。こそっと本棚か本の山に加えるんだろうな」

情景が目に浮かぶようだった。ありそうなことだ。

「そうかもしれませんね。でも、帯が破れたり箱がへこんだりしていた方がいい、というのが判りません」

「『またこんな高い本を買ってきて！』と叱られた時に言い訳がしやすいからだろう。『古本屋で見つけて、あんまり安かったので、つい』とか」

推理というよりほとんど憶測だが、腑に落ちる感じがあった。

「それより橋立さん、お願いがあるんだ。コミックの担当をしてくれないかな。うちへバイトにきてまだ三ヵ月だけど、君ならできる」

ずっとコミックを見ていた漫画オタクのフリーターが辞めてしまったので、その後任ということだ。仕事だから選り好みはできないが、正直なところ、今やっている文庫サブ担当の仕事が気に入っていたので、担当変えはうれしくない。

「わたし、漫画はほとんど読まないので、自信がありません」

「ミステリーマニアだから文庫の方が面白いとは思うけれど」

「マニアというほどではありませんけど」

熱心なファンという程度だろう。高校一年で目覚めたからファン歴は四年だ。

「そこを見込んで頼んでいるんだ。あるジャンルに精通している人は、まったく知らない他のジャンルの本もすぐ判るようになる。辞めた坂上《さかがみ》君も、コミックの前は文庫を担当してもらっていたんだ」

「えっ、あんなに漫画にくわしかったのに？」

「コミックを長く担当していたパートさんがいたので、彼には文庫に回ってもらったんだ。本人は『俺、有名な作家の名前もろくに知らないっすよ』と尻込みしてたけど、二ヵ月もしたらすっきりした棚を作ってくれたね。『この作家は、あの漫画家みたいなポジションなんだな』とか『この新人作家はメジャーになりかかっている。漫画家でいうとあの人か。プッシュしてみよう』という具合だ。漫画という分野全体を理解していたから、小説のサブジャンルやサブ−サブジャンルの見分けもちゃんとできたし、レーベルごとの特徴の呑み込みや死に筋の見極めも早かった。カバーの紹介文も読まないで、『この作家、カルトっぽいですね』とかも言うんだ。表紙のデザインで嗅ぎ分けてたらしい」

「はあ」

「もちろん本人にやる気がなかったら駄目だよ。それと、上っ面だけの温《ぬる》くてうっすい漫画好きも書店員としては使い物にならない。文庫担当をきちんとこなしてくれたから、坂上君が本当に漫画を愛していることが判ったよ」

「はあ。……そういうもんですか」

言い換えると、コミックがちゃんと管理できなかったら、詩織は上っ面だけの温くてうっすいミステリーファンということになる。

「じゃあ、お願いね。巻数切れだけ注意して。まとめ買いしようとしているお客さんを逃がすから、歯抜けは禁止」

「はい」

引き受けることになってしまった。坂上のおかげで、この店にはコミックのいいお客さんがついている。その人たちを失望させてはならないから責任重大だ。

――まあ、いいか。コミックを店長が片手間で見てるようじゃ売り上げが下がるものね。判らないことがあったら漫画好きの優真ちゃんにも訊こう。

閉店時刻が迫ってきた。八十坪の店内を見渡すと、もう客は雑誌売場に二人しかおらず、がらんとなった店が広く見える。客の一人、長髪の若い男は立ち読みだけにくる常連で、いつものようにリュックを足許に置いて文庫を読み耽《ふけ》っていた。今日は閉店まで粘るつもりらしい。

――これぐらいの書斎があればいいのに。大富豪になったら持てるかな。そんなことをしたお金持ちって聞かないけど、本ばっかり読んでたらお金儲けができないってことと？　かもね。

こんなに本があったところで、一生かかっても読み切れない。人が読める本なんて高が知れている。せいぜいあのぐらいだろうか、と店の一角を見ながら思った。

コミック売場では、まだ優真が腰を屈《かが》めて本の整理をしていた。あそこを任されるのだ。

――店長になって店全体の責任者になったら、結構しんどそう。せめて社員さんがもう一人いたら気分的に楽だろうけど。

華谷堂書店は、県下と隣県に七つの店を持つチェーン店だ。駅前商店街を抜けたところにあるテナントビル一階のここ、柳町《やなぎまち》店は最も小さな店舗で、当然のように社員は一人しかいない。店長によると、本部の優秀なパートタイマーが見つかれば、経費削減のため店長にしたいと考えているらしい。「卒業したら、どう、橋立さん？」と冗談めかして訊かれたが、もし公務員試験に落ちたら、こちらからお願いすることにならないとも限らない。

——案外、悪くないかも。

通学定期の途中下車で通えるのが好都合だから、と始めたこのアルバイトは、楽なものではない。立ち仕事だし、やたら忙しくて追われるような気持ちになることが多かったけれど、本に囲まれ、本に触れられるのが楽しい。もともと読書好きだった詩織は、いまや書店中毒になりかかっていた。

ある日の夕方。

「ちょっと……すみません」

自分とあまり年が違わない女性客が、おずおずとレジにやってきた。ハードカバーの単行本を二冊手にしている。どちらにも店のカバーが掛かっていたので、彼女が何を言おうとしているのか、詩織にはピンときた。

「同じ本を二冊買ってしまったので、一冊返品できますか？」

やはり思ったとおりだ。そう珍しいことではない。内気なのか、それしきのことがとても言いにくそうだった。

「ダブったんです」

ベストセラーを飛ばしはしないが、少数の熱烈なファンがついている作家のものだった。客は、二冊の本から二枚のレシートを抜き出す。

「どっちもこのお店で買いました。これが証拠です」

いずれも華谷堂書店柳町店のレシートで、金額も同じ。分類は〈ブンゲイ〉だ。金額横の番号を見たら、誰がレジを打ったのか判る。どちらも店長を示す1。日付は、一枚が8月19日。もう一枚は、つい三日前の9月10日になっていた。

書店によってこういう場合の対応に違いがあるのかもしれないが、華谷堂書店では返金やむなし、とされている。店長からは、どうせ返金するのだから気持ちよく、と指示されていた。

「かしこまりました。お代金をお返しいたします」

レジから出した千八百三十八円を渡し、単行本の一方に手を伸ばしたら、「こっち」と別の方を突き出された。そして、客は消え入るように小声で、ぼそりと呟く。

「これからは……気をつけてくださいね」

胸の中で「はあ〜？」と奇声を発してしまった。意味が判らない。

つかつかと去っていく後ろ姿を見ながら、これまた声には出さずに漫才っぽく大阪弁で突っ込む。

——なんでやねん。

そこへ学校帰りの優真がやってきた。

「替わりますよ。橋立さん、コミックのお仕事をしてきてください」

「うん」と答えてカウンターを出てからも、釈然としない思いが頭から離れなかった。

その日、レジを締め終えたところで、詩織は返金があったことを店長に報告し、客が残した謎めいた言葉について意見を求めた。

「これを返品にきたんだね？」

浅井は、彼女が客注棚の端に置いておいた本を手に取り、カバーをはずして見る。

「ああ、売った覚えがあるな。若い女の人だと言ったね。色白でおとなしそうなお客さんだろ？」

「よく覚えてますね」

「同じ本を二冊売ったことも記憶にあるよ。僕は読んだことがないけれど、この作者って癖のある小説を書くんだろ。それを知ってるから、『ああ、こういう感じの人が読者層なのか』と意識したことがあるんだ」

「前にも同じ本を買ったことについては、何も言わなかったんですね？」

「そりゃ黙ってるよ。読んで感激したから、友だちにプレゼントしたくなったのかもしれないだろう。上巻を二冊レジに持ってきたお客さんに『どちらも上巻ですが、よろしいですか？』と確認することはあるけれど」

「わたしたちも、そうしています。店長に倣《なら》って」

「で、返金を承諾した橋立さんが別の方のを受け取ろうとしたら、『こっち』と言われた」

「はい。どっちを店に返すか決めてたみたいです。わたしが新しい方を引き取りかけたら、あのお客さん、ちょっと怒ってたみたい」

「どうせなら、もう読み終えた旧《ふる》い本を返品しよう、と思ったのかな」

「でしょうね。それ、日付が旧いレシートが挟んであった本です」

「それにしても、この本はきれいだ。汚れも瑕もない。乱丁や落丁がある……というわけでもないか」

長い首を突き出すようにして見分している。

「どっちの本を返したかは、どうでもいいじゃないですか。おかしいのはクレームをつけられたことです。『これからは気をつけてくださいね』っていうのは、こっちの台詞《セリフ》です。もちろん、思っていてもそんなことは口にできませんけど。何故あんなことを言ったのか、ミステリーですね」

ページを最後までめくったところで、浅井は「いや」と言う。

「謎は解けた。そういうことか」

詩織は、きょとんとなった。電光石火の解決ではないか。

「本当ですか？」

「想像の域を出ないけれど、有力な仮説を思いついた。奥付を見て。この本は二刷だ。もう確かめることはできないけれど、お客さんが持って帰った方は初版なんだろうね。違いがあるとしたら、それしかない」

初版本にこだわる客というのは、ちょくちょくいる。先日も、高校生同士が文庫の奥付を見て、「おっ、初版だ」とうれしそうに言っていたりするのを見掛けた。

「昔から疑問だったんですけど、初版って何がありがたいんですか？」

「どんな本の初版でも価値があるというわけではない。判りやすい例で言うと、後に文豪になる作家のデビュー作で、刷り部数がごく少ないものは希少価値があるとされるね。作家や作品を研究の対象としている人にとっては、もっと実際的な価値を持つ。重版や文庫化の際、作者は加筆や訂正をすることがあるから、初版と突き合わせてどこをどう書き換えたのかを調べるわけだ。だから、本来は初版に普遍的な価値はない。ただ、それでも何となく初版がいいもののように感じる人が現れたら、根拠なく値打ちが生まれる。幻想が生む価値だよ。たいていの場合、初版が一番たくさん世に出回るんだから、一番珍しくない」

「ああ、そういうことだったんですか」

「初版にあった誤植やミスが、重版で訂正されることもあるから、初版を避けたがる人がいてもおかしくないんだけれどね。辞書については、初版を買うのは避ける、という人もいる」

そんなことより、早く聞かせてもらいたいことがあった。

「初版にこだわったのだとしても、まだ判りません。『これからは気をつけてください』の意味が」

「そのお客さんは、これを探していたんだろう。出たのは二年ほど前の本だから、最近になってこの作家のファンになったのかな。やっとうちで見つけて、初版じゃないことにがっかりしたけれど、近隣の店にもなかったので購入した。ところが、二週間ほどたった時、ショッキングなものを目にする。なんと、棚に同じ本の初版が並んでいたんだ。『こっちを買えばよかった！』と地団太を踏みたくなったのかもね」

そういうこともあるだろう。補充注文の際に「初版を」とか「二刷を」なんて書店は指定できない。たまたま倉庫にあった本が出荷されるだけだ。

「うちの店に最初に新刊として入荷したのは、当然ながら初版だ。それが売れて補充した時、二刷が届いた。また売れたので再度補充したら、今度はどこかの店で売れ残って返品されていた初版が入荷した、というだけのことだ」

「うちに落ち度はありませんよね」

「もちろん。でも、お客さんの目にはそう映らなかった。『初めから初版を置いていたらよかったのに。意地悪だな』と感じたんだろう。そこで一計を案じ、その初版本を買った上で、『ダブったので返品したい』と言ってきたんだな。そして、最後にひと言。『これからは気をつけて、こんな意地悪をしないでくださいね』。――筋は通るだろ？」

「ええ、まあ。……だけど、ちゃんと説明してくれないと判りませんよ。言われても対処のしようがないから困りますけど」

「『なるべく初版を売るようにします』と確約はできないものな。むしろ重版分の方が新しいから美本だし。そのへんは、丁寧に実情をご説明するしかない」

ずっと傍らで聞いていた優真が、腕組みをして大人びた呟きを洩らす。

「色んなことがあるわね」

「店頭はステージだ。日々、即興のドラマが演じられる」

この店長にしては珍しく、気取った言い方をした。

「そのお客さんのために、この作家の珍しい本を仕入れておこうかな。ささやかなお詫びだ」

「初版で揃えないと、また嫌な思いをさせてしまいますよ」

「なぁに、売れっ子作家じゃないから心配しなくても初版が入ってくるよ。重版したのはこの本ぐらいだ。今日のお客さんは運が悪かった」

渋い作家についてもよく知っているものだ。読みもしないのに。

そんな浅井を見ていると、中島敦《なかじまあつし》の『名人伝』という小説を連想する。天下一の弓の名人になろうとした趙《ちよう》の紀昌《きしよう》の物語だ。そこに登場する仙人めいた老師は、〈不射之射〉という神技を使う。素手で弓矢を打つ真似をしただけで飛ぶ鳶《とび》を射落とすのだ。浅井は〈不読之読〉を心得ているかのようだ。

「じゃあ、今日もお疲れさま。気をつけて帰ってね」

と言ってから、詩織を呼び止めた。

「明日は天気が荒れるって予報が出てるから、やばそうだったら早く上がってもいいよ」

えらく気を遣ってくれている。

「台風がくるわけでもないから大丈夫ですよ。明日、店長は取次の店売《てんばい》にいらっしゃるんですよね？」

急いで調達しなくてはならないフェア商品があるので、問屋にじかに仕入れに行くという予定を聞いていた。

「うん。昼前に行って、五時ぐらいには店に戻る。パートさんが六時で上がった後は人手がなくなるけど、悪天候だったらお客さんも少ないだろう。僕一人でも店は回る」

「判りました。じゃあ、様子をみて」

ありふれた、だけど小さなドラマがあった一日が終わった。

翌日は、朝から重たそうな雲が垂れ込めていた。

午前中の講義を受けてから出勤した詩織は、バックルームで上着を脱ぎ、エプロンをつけるなりコミックの補充作業を始めた。商品知識がないのでまだ勝手が判らないが、とにかく欠本補充だけはこまめにすることを心掛けている。

せっせと体を動かしていたら、後ろの方で「あー」と声がした。夕方までのパートの豊島《とよしま》だ。よく笑う楽しいおばさんが腰に手を当てて、文庫の平台を見下ろしている。マナーのよくない客がジュースでもこぼしたのか、と思った。

「どうかしましたか?」

そばに寄っていくと平台を指差すが、何も変わったところはないように見える。

「またなくなってるの。わたしが丹精込めて描いたのに」

豊島は大手スーパーでPOPライターをしていたことがあるので、この店でもその特技を発揮してもらっている。店長が考えたお薦めのキャッチコピーを、彼女がきれいなPOPに仕上げるのだ。

「ああ、ここのが」

針金製のスタンドだけが虚しく残っている。その前に積まれているのは、レイ・ブラッドベリの『刺青《いれずみ》の男』。題名は中学生の頃から知っているが、まだ読んではいない。高校時代に文芸部に入っていたクラスメイトが絶賛していたから、気にはなっている。

「『またなくなった』ということは――」

「二回目。ひと月ほど前にもなくなってたの。スタンドからはずれたのかな、と捜しても見つからなかったので、同じものをまた描いたんだけど」

どんなPOPだったか、店長を手伝って文庫のメンテナンスをしていた詩織はよく覚えている。〈月光を浴びた刺青が語る18の夢幻物語　万華鏡の中へ入ってみませんか〉といったコピーだった。店長に「愛読書なんですか？」と訊いたら、「目次しか読んでいないけど、面白そうだよね」と言われた。

ちなみに、カバーに書いてある紹介文はこうだ。――その大男は暑い夏なのにウールのシャツを着、胸もとから手首まできっちりボタンをかけていた。男は全身に彫った18の刺青を、18の秘密を隠していたのだ……。夜、月あかりを浴びると刺青の絵は動きだし、あえかな劇を、未来の劇を、18の物語を演じだすのだった。

――無性に読みたくなってきたぞ。

それはさておき、消えたPOPの謎だ。

「万華鏡っぽくカラフルで不思議な感じのPOPでしたね。とてもきれいだったから、お客さんが欲しくなって持っていったのかもしれませんよ」

「二枚も？」

「そんな人が二人いたとか」

「まさか。いい出来だったけれど、たかがこれぐらいのPOPよ。盗むほどのものとは思えない」

だろうな、と詩織も思う。人気作家の直筆サインでも入っていたら話は別だが。

「『刺青の男』という本が大嫌いな人がいて、『こんな小説を客に薦めるのはやめろ』と怒ってはずしていくのかしら」

思いつきを口にしたら、豊島は唇を尖らせる。

「そんな勝手なことをされてはかなわないわ。営業妨害ね。意地になって、もう一回描こうかな。それを取ろうとしている現場を見たら注意してやろう」

——でも……大嫌いな本のお薦めPOPが平台に立っていたからといって、二度も取って持ち去ったりするかな？

自分で言っておきながら、詩織は首を傾げた。あまりにも子供じみている。それに、いくらPOPをはずしたって、憎い本そのものは積まれたままなのだから無駄な抵抗だ。

「待って、これはもしかしたら……」

豊島はにやりと笑い、人差し指で詩織の二の腕を突いた。

「POP泥棒は、橋立さんの大ファンなのかもよ」

「ど、どういうことですか？」

話に飛躍がありすぎて理解できない。

「あのPOP、描いたのはわたしだけれど、取り付けたのは橋立さんだった。そこを目撃したら、橋立さんが描いたものだと勘違いしそう。あなたに恋心を抱いている男の子が、『愛しい人が描いたものだ、あれが欲しい』と出来心に駆られて失敬した、とも考えられる。一度ならずも二度までも。惚れられたものね」

「リアリティがないんですけれど」

「そうかしら」

「『刺青の男』のPOPだけを取っていくのが変です。他の本についているPOPはどうして持って行かないんですか？　もっとロマンティックなコピーのもあるのに」

「それもそうね」と豊島は自説を撤回する。

——またミステリーだ。店長に推理してもらおう。

コミックの欠本チェックをすませると、バックルームのファックスで発注書を送る。送信が完了したところで電話が鳴ったので、素早く受話器を取った。

「橋立さんか、お疲れさま」

店長だった。取次での商品調達を終え、これから遅い昼食をとるところだと言う。

「ますます曇ってきているね。さっさと食べて、五時までには店に戻るようにするよ。

――変わったことはないね？」

「はい、特に。また『刺青の男』のＰＯＰがなくなった以外は」

「どういうことだい？」

わざわざ報告するほどのことではなかったけれど、落ち着いて話せる状態にあるらしかったので、かいつまんで話した。

「ということなんです。今日のミステリー、ですね」

ほんの数秒、間が空いた。苦笑されているのかな、と思ったら、予想もしていなかった指示が返ってくる。

「アガサ・クリスティーの『親指のうずき』という本を調べてみてくれ。もしも何か挟まっていたら、そのページを控えておくこと。以上」

そこで電話は切れてしまった。怪訝《けげん》に思いながら売場に出て、ハヤカワ・ミステリ文庫『親指のうずき』を探す。『刺青の男』を平積みしてある上の棚に収まっていた。クリスティーは有名どころを五作ほど読んだが、この作品は未読だ。

——何が挟まってるんだろう？　まさか、ここからPOPが出てきたら手品よね。

ところが、その手品を見せつけられてしまった。中ほどのページから失せ物が現われたのである。慌てて豊島に見せに走った。

「電話で聞いただけで店長が言い当てたの？　嘘みたい」

「五時前に帰ってくるそうです。顔を見たら、すぐ種明かしをしてもらいましょう」

挟まれていたページをメモしてから、POPをスタンドに戻す。豊島によると、これは描き直したものらしい。もう一枚の行方は依然として不明だ。

「早く店長に説明して欲しいわね」

四時頃になると雨が降りだした。ガラス扉から外の様子を窺うと、風も強いようで斜めから吹きつけている。傘をさして歩く人たちは、前傾姿勢になっていた。

返品するコミックをバックルームに運んでいたら、電話が鳴った。出てみたら、また浅井だ。少し遅くなるのかと思ったら、それどころではなかった。

「電車が事故で停まってしまった。変電施設の大きな事故らしくて、いつ動くか判らない。昨日は『早く上がってもいいよ』なんて言ったけど、最後まで残ってくれるかな。最悪の場合、レジ締めまで一人でお願いすることになるかもしれない」

電車は駅と駅の間に停まったままで、彼はどうすることもできないのだ。他の乗客らが「間に合いそうにないんだ」とか話している声も聞こえていた。やはり携帯電話でどこかに連絡を取っているのだろう。

詩織は快く引き受けた。一人でレジ締めから売上の入金までしたことはないが、店長が休みの日に男子アルバイトと二人だけでやったことはある。

「はい、やります。心配しないでください。……さっきのPOP、見つかりました」

こんな時にどうかと思ったが、その件を伝えておきたかった。焦っても仕方がない状況のせいか、浅井はのんびりとした口調で話しだす。

「そんなことだろうと思ったよ。どういう推理をしたのか、気になるだろ。何でもないことだ。あのへんの棚で、いつも立ち読みに耽ってくれるお客さんがいるだろう。長髪に眼鏡の、二十代半ばぐらいの人だ」

華谷堂書店柳町店の名物といってよい。

「いますね。うちの店に一番長く滞在してくれる人。何かを買ってもらった覚えがありません」

「一冊まるごと店で読む強者《つわもの》だ。ひと月半ほど前から、その彼が立ち読みしていたのが『親指のうずき』だ。何を読んでいるんだろう、と思って書名を覗き込んだことがある。ミステリーだのSFだのハヤカワ文庫だの、僕は読んだことがないけれど、一つだけ知っていることがある。あそこの文庫には、栞《しおり》もスピンもついていない」

いきなり自分の名前が出てきたのかと思ったが、シオリ違いだ。スピンが栞にするため付けられている紐だということはバイトを始めてから知った。

「栞がないと、ミスター立ち読みにとっては不便だ。そこで彼は、すぐ近くにあったPOPを抜き取って、本に挟んだんだ。それだけのことだよ。栞に代用できる投げ込みチラシも入ってなかったんだろう」

――そういえば、なかった。挟まっていたのはPOPだけ。

「でも、なくなったのは二枚なのに、挟んであったのは一枚だけです」

「そんなことミステリーか？　『親指のうずき』は、一度売れてしまったんだな。ミスター立ち読みが挟んだPOPとともに。買ったお客さんは気づいただろうけど、『こんなものが挟まっていましたよ』と店に返しに行くほどのことでもないと思ったのか、あるいはうちにくる機会がなくて、そのままになったんだと思う」

やがて『親指のうずき』が補充されると、ミスター立ち読みは読書を再開する。その際、またも『刺青の男』のPOPを栞として借用したわけだ。

「174ページに挟まっていたって？　うん、見たところそれぐらいは読んでいたな。栞にしていたと考えて、まず間違いない」

詩織は、不快感を訴えずにはいられなかった。

「本屋を何だと思っているんでしょうね。立ち読みする自由はありますけど、そんなふるまいは常識の範囲を超えています。人間が汗水たらして作ったものを、人間が汗水たらして売っているって、判ってないんです。あのＰＯＰだって、豊島さんがどれだけ丁寧に描いてくれたか」

「声が大きい。売場に聞こえるよ」

注意されたので、口許を押えた。

「自分が好きなものにさえ金を払いたくない人間がいるんだよ。本人がよっぽど安い人間なんだろうな」

毒舌だ。詩織の怒りを鎮めるため、代わりに毒づいてくれたのかもしれない。それなのに彼女は、つられて皮肉っぽいことを口走ってしまう。

「お金を払って読むほどでもないから、店長は本を読まないんですね」

――まずっ。言い過ぎちゃった。

ひやりとしたが、浅井は淡々と応える。

「それは違うなぁ。僕の家は製本屋なんだ。そのせいか、子供の頃からマテリアルとしての本に興味があってね。うちの小さな町工場で完成して、次々に送り出されていく本を見ているうちに、本に愛着を抱くようになった。本の川の岸辺に座って、眺めていたみたいなもんだ」

生家が製本工場だとは初耳だった。彼がどうして書店員になったかを聞いたこともない。

「でき上がった本を見て、何が書いてあるのかと想像するのも楽しかった。そうすると、タイトルや本の佇《たたず》まいから中身がうっすら見えてきたりする。これがまたいいんだな。その境地に達するのも快感だ。膨大な種類の本を片っ端から読んだとしても、海の水をコップで掬《すく》うようなものさ。それを虚しく思ったわけじゃないけど、僕は海の水を掻き出すことはせず、潮風に吹かれて楽しむことを選んだ。今の仕事は、性に合っているよ」

詩織は大の本好きで、友人にも読書家が多かった。本を読まない人間とは話が合いにくく、人種が違うと感じることもある。読書は人間の知性や感性を深めたり広げたりするだけのものだと信じていたが、最近はふと疑いが湧くことがないでもない。時として、読書は人を頑《かたく》なにする。自分の信念や快楽原則に沿ったものだけを選べば、心が狭まることもある。自分の中にもそんな傾向があるのを察していた。浅井は、あらかじめそんな罠から自由なところにいるのだ。それも読書家である、と言えるかどうかは疑問だが。

「他店から応援を出してもらうように本部に頼んでみようか？」

「いいえ、本当に平気です。一人でできますから」

六時になって、豊島が帰る。詩織が一人きりになることを気にしてくれたが、雨が強くなってきて客が少なかったから、忙しくて困ることはないだろう。ブックカバーを折りながら、のんびりとレジに立っていられそうだ。

七時に店長から電話があり、もうすぐ動くとアナウンスがあったが信用できず、電車が動きだしたとしても閉店時間までには店に行けそうにない、と伝えてきた。その前には優真からも電話があり、「電車が止まってるから店長が帰ってこられないんじゃないですか？　橋立さんだけで大変だったら行きますよ」と言ってくれたが、どちらにも安心するように応えた。

店内には、もう三人しか客がいない。うち一人が雑誌を買って出ていき、残る二人もやがて去った。この時間に店に一人っきりになったのは初めてで、新鮮な解放感がある。

それでも面白がってばかりはいられなかった。雨の降りはさらに激しくなり、雷鳴が轟きだすと心細くなってきた。店内には煌々《こうこう》と明かりがついてはいるが、ガラス扉から覗く外は深夜のように真っ暗だ。ここまでの荒天になるとは思っていなかった。

——何、これ？　ホラー映画みたい。

人の気配がまったくしない。世界中の人間が眠り、目覚めているのは自分だけなのではないか、とすら感じる。バケツをひっくり返したような降りだから、誰も外を歩いていないようだ。勤め帰りの人たちが店の前を通り過ぎていく時間なのだが。

ガラス越しに眩しいばかりの稲光が射し、次の瞬間、凄まじい迅雷が響く。あまりの迫力に詩織は耳をふさいだ。

自動ドアが開き、風が店内に吹き込んだ時は、浅井が帰ってきたのかと思った。こんな雷雨を衝《つ》いて本を買いにくる者などいそうもないから。

入ってきたのは、店長ほどではないが長身の男で、ゆっくりと本棚の間に分け入っていく。茶色の鞄を手に提げ、灰色らしいスーツはずぶ濡れになったせいで黒衣のようになっていた。カツコツと高い靴音がした。見たことのない客だ。

詩織の胸に、雷に対するのとは別の恐怖が芽生えた。何とはなしに嫌な感じがする。まさか女子大生アルバイトが一人で店番をしているのを見てやってきた強盗ではないだろうけれど。

男は文庫の棚を見て回ると、突き当りの壁面に沿って左に移動する。実用書の棚だ。死角になって姿は見えずとも、靴音で動きが判る。時々立ち止まり、また歩き出すという調子で、左の角まで行くと、今度は児童書とコミックの棚の間を同じように進む。

――何か目的の本を捜しているというふうじゃない。雨宿りのつもりなのかな。

それならば商店街にある喫茶店に入ればよさそうなものだ。雨は夜半まで続くという予報が出ているから、閉店間際の書店で小降りになるのを待つというのも合点がいかない。

男は、棚の間から姿を現わした。鼻が大きく、唇は薄くて、目つきが鋭い。年齢は三十代以上というぐらいしか見当がつかなかった。胸許で紫色のネクタイが揺れていた。

次は雑誌売場を端から順に見て回る。スポーツ誌、芸能音楽誌、コンピュータ誌、文芸誌からファッション誌まで、均等に見る客など普通はいない。やはり雨宿りなのか、と思いながら様子を窺っていると、レジカウンターの前を通り過ぎて、学習参考書が並ぶ右の壁面に向かった。詩織の方には視線をやろうとしない。

男の一挙手一投足のすべてが気になりだした。柱に貼ってあるアルバイト募集の告知や、子供たちにマナーを守ってもらうために書いた〈ジュースをのみながら本をみないでね〉というお願いにも、いちいち目を留める様がおかしい。文字を読めない怪物が人間に化けていて、〈コノ模様ハ何ダロウ?〉と興味を示しているように思えた。

雷は、この町の上空に達したらしい。稲光はいよいよ目眩《まばゆ》く、雷鳴がするたびに店内の空気も震えるようだ。詩織は身を固くする。どこかに落雷した時は、「わっ」と小さな悲鳴を上げてしまった。

男はそんなものにはかまわず、単行本の新刊平台を見ている。十冊積んだ本の九冊を持ち上げて一番下の本を覗き込んだり、背中を丸めてPOPを覗き込んだり。蒼い雷光がその横顔を照らすと、歯を見せてにやにや笑っていた。どうしたらそんな顔ができるのだ、というほど残忍な表情だ。

——店長、早く帰ってきて。変な人と二人きりになってるの。

時計の針は、七時四十五分を指している。この男が居座るのなら、まだ十五分は我慢しなくてはならなかった。華谷堂書店は『蛍の光』を流さない。八時になって閉店だと告げても出ていこうとしなかったら……などとも考えてしまう。一人で大丈夫だと言い切ったけれど、こんな事態は想定していなかった。

男を観察する勇気も失せて、詩織はカバーを折り始めた。黙々と作業をして、時間をやり過ごしたかった。

やがて、靴音がこちらへやってくる。

「すみませんが」

男が目の前に立った。右手が持ち上がり、何かを差し出す。今日発売の週刊誌だ。

「これを」

「はい……」

レジを打ち、代金を受け取る。レシートと釣りを渡し、雑誌を袋に入れようとしたら、「それはいいよ」と言われた。男は雑誌を鞄に収め、雷雨の中へと出ていく。ドアが閉まった時は、ほおと溜め息が出た。

時計を見たら七時五十七分。もう店を閉めてもいいだろう。〈本日は閉店いたしました〉の札をドアに掛けようとしたら、向こうから浅井がやってくるのが見えた。大きな体が頼もしく映る。

「ごめんごめん。かろうじてレジ締めには間に合ったか。何もなかった？」

涼しい顔で「はい、何も」と答えるのは無理だった。この三十分ほどのことを話すと、浅井は真剣なまなざしで聞いていた。

「その男なら、今さっき商店街のはずれですれ違ったよ。今朝、開店してすぐにもきていたな」

　やはり雨宿りではなかったのだ。開店直後にきた時は店をざっと一周し、レジ脇に置いてあるガムを買ったという。

「ガムだけを？」

「一番安い商品を買ったんだろうね。うーん、そいつが閉店時間にもやってきたか」

「とても無気味でした」

「異様な顔でにやにや笑っていた、というのは稲光のせいだろう。目の錯覚だよ」

　そうかもしれない。

「でも、普通のお客さんにも思えませんでしたよ。何か、違和感が……」

「鋭いね。普通のお客さんではないだろう。あいつは――」

　言葉を切って、詩織を焦らす。

「何なんですか？」

「死神」


　雨が去った翌日は、からりと晴れた。

　三日続けてのバイトで、その日は六時から閉店まで勤務だ。大学からの帰りに定期券で下車し、駅前商店街を通り抜ける。その途中、工事現場の前で少し歩調を落とした。来年の春に大手スーパーが出店する。そこに書店が入るのだろう、と店長は言っていた。

昨夜、レジを締めてからのやりとり。

「まだ情報は流れていないんだけれど、競合店ができるんだろうな。そこと一騎打ちになる」

「うれしくありませんね」

「新しい店ができるのは仕方がない。うちが出店した半年後に、商店街に古くからあった小さな書店が店を畳んだ。後継者がいなかったのが原因らしいけど、うちの影響もあったはずだ。どんな店が後から出てきても、泣き言は並べられない」

灰色の服の男は、出店を検討している書店の人間で、競合店となるこの店の調査にきたのだろう、というのが浅井の読みだった。すべての棚を隈《くま》なく回ったのは、商品構成を見るため。開店してすぐと閉店間際に買い物をしたのは、レシートの通し番号から客数を調べるため。バイト募集などの表示やＰＯＰをチェックしたのも、どんな店なのかを知るための情報収集だ。平積みの下を覗いたのは上げ底の有無を確かめて、新刊配本数の見当をつけるためらしい。

「競合店からの使者だから、死神ですか」

「死神というのは冗談だ。橋立さんを怖がらそうとして、どぎつく言ってみただけ」

聞いた時は、ぞくっとしてしまった。

「本当に死神なんかじゃない。だけど、ぼやぼやしていたらお客さんを取られてしまう。それで店が潰れたら、やっぱり死神だったということになる」

「そうならないように、一生懸命やらないといけませんね」

雷は去り、雨も小降りになった静かな店内で、二人は話した。

「今日はなかなか刺激的でした。ＰＯＰの謎を店長が解く、というイベントもあったし」

そう言うと、浅井は真顔になった。

「あんなもの、謎解きのうちに入らないよ。そんなことより、どんな店にしたらもっとお客さんに喜んでもらえるかを考えないと。まだできることが何かあるはずなんだ。僕にとっては、それが謎だ」

競合店が出てきそうだと知り、浅井は発奮しているようだ。

「コミックでは絶対負けないようにします」

店長にほだされて、詩織は威勢のいいことを言ってしまった。そんな長期のアルバイトになるとは思っていなかったのだけれど。

工事はまだ始まったばかりで、競合店がオープンするとしても半年先だ。時間がある。

——それまでに、店長が謎を解くのを手伝おう。

詩織は、速足になって店に向かった。

ゆるやかな自殺

貴《き》志《し》祐《ゆう》介《すけ》

1959年、大阪府生まれ。京都大学経済学部卒業。生命保険会社に勤務後、作家になる。97年、『黒い家』（角川ホラー文庫）で第4回日本ホラー小説大賞、2005年、『硝子のハンマー』（角川文庫）で第58回日本推理作家協会賞長編部門、08年、『新世界より』（講談社文庫）で第29回日本SF大賞、10年『悪の教典』（文春文庫）で第1回山田風太郎賞受賞。

1

野々垣二朗《ののがきじろう》は、グロック17を蛍光灯の光にかざして見た。オーストリアの自動拳銃で、多くの部品がプラスチック製だが、そこそこサイズがあるために、掌にはずしりと重みを感じる。つくづく、玩具のようなプラスチックの銃には、いざというとき命を預ける気になれないと思う。野々垣の愛銃は、警察でも制式採用されているスイスのシグ・ザウエルＰ232だった。ステンレス製だが、コンパクトなためグロック17より軽く、緊急の場合には背広の内ポケットに隠して持ち運ぶこともできる。

グロック17の最大の特徴は安全装置だった。手動でセーフティを解除する必要がなく、引き金を引くだけで自動的にセーフティが外れて、発射することができる。この仕組みは、慣れないと事故の元だが、今日の計画には最適だった。安全装置そのものが付いていないトカレフＴＴ―33も有力候補だったが、すでに骨董品であるオリジナルは入手困難であり、日本に数多く出回っている中国製のコピーは、粗悪な作りのせいで暴発が多く、よけいな安全装置を付け足してしまっている。

野々垣は、9㎜のパラベラム弾がぎっしりと詰まった弾倉をグロック17に押し込むと、机の引き出しにしまった。

さて、これからだ。たとえ相手が薄ノロでも、殺すとなると細心の注意を払わなくてはならない。一番大切なのは、まず相手に殺意を気取られないこと。そのためには、相応の演技力も必要になる。

野々垣は、机の上の鏡を見ながら自然な笑みを浮かべると、部屋を出た。

そこは、東京都内の古びた4LDKのマンションの一室だった。応接室には黒革張りのソファやローテーブルがあり、ダイニングキッチンには事務机のほかに冷蔵庫や電子レンジも設《しつら》えてある。ふつうの事務所兼住宅に見えないこともなかったが、いくつか決定的に違う点があった。

居間にあたる一番大きな部屋には、壁に立派な神棚があり、二振りの日本刀が飾ってあるほか、悪趣味な金ぴかの調度が多かった。

窓にはすべて鉄格子が嵌《は》まっていたが、簡単に破壊できる一般住宅用のものとは造りも強度も段違いだった。ベランダのサッシの外側には、ドアの付いた鉄製のグリルがコンクリートにボルトで留められているため、まるで檻の中にいるような鬱陶しい眺めである。非常の際は隣のベランダと行き来できるはずのフレキシブルボードの間仕切りは、上から鉄板が貼られて用をなさなくなっていた。さらに、ベランダの手すりから天井まで頑丈なステンレスの金網で覆われているため、外からはスズメ一羽入ってこられない。

ここは、暴力団関東仁道会系塗師《ぬし》組の事務所の一つだった。自前のビルなら、設計段階から窓を小さくしたり壁を厚くしたりして、対立組織の殴り込み《カチコミ》に備えて要塞化することができるが、債務者から奪い取ったマンションの一室では、この程度が限界だろう。

「ミツオ！　どこにいる？」

野々垣は、大声で舎弟を呼んだ。応接室のソファから人が転げ落ちる音がした。

「ふわ……！　兄貴」

ミツオは、寝ぼけまなこのまま直立不動になった。

「てめえ、昼間っから、また居眠りしてやがったのか？」

「いや、寝てません」

「嘘をつくんじゃねえ」

「本当っす。俺、横になってたけど、眠ってません」

怒られると思ったらしく、ミツオは、頑として居眠りしていたことを認めなかった。

野々垣は、いつものように怒鳴りつけたい衝動に駆られたが、自制する。

「まあいい。おまえに訊きたいことがある」

そう言いながら、軽く右ストレートを放ったが、ミツオはスウェイして、易々とパンチを避けた。

「ふっ。避けるなって言ってるだろう？」

野々垣は、演技ではなく笑った。この挨拶も、今日が見納めになるのかと思う。

「すんません。身体がかってに……」

ミツオは、顔をくしゃくしゃにして頭を掻いた。

八田《はった》三夫《みつお》は、フライ級の日本ランカーにまで上った、元プロボクサーだった。典型的なファイター型で、一時はそこそこの人気を博したが、網膜剝離になったために引退せざるを得なかった。その後、パンチドランカーの症状も現れて、酒浸りになって脳が萎縮したのか軽度の精神障害まで来し、半ばホームレスのような生活を送っていた。

そんなミツオを拾ってやったのが、野々垣だった。以前はボクシングの興行に暴力団が深く関わっていたため、ミツオの試合も何度か見たことがあったし、引退の少し前には、ボクシング賭博に利用しようと考えていた。一時はリングの上で輝いていた男のみじめな姿を見て哀れに思ったのも事実だったが、本当の理由は、いつでも使い捨てがきく手駒にするためだった。

実際、拾われてからのミツオは野々垣を慕い、絶対服従を貫いた。もし鉄砲玉をやれと命じたら、すぐに拳銃を握りしめて飛び出していくだろう。ふだんは、電話番以外の何の仕事をやらせても、まともにこなせたためしがなかったが、いざというときのためだけに飼っておく価値はあるはずだった。

しかし、そのミツオが自分にとって危険な存在になる日が来るとは、予想だにしていなかった。

「ちょっと来い」

野々垣は、自分の部屋に戻って革張りの回転椅子に座る。ミツオは、不安そうな面持ちで机の前に立った。

「若頭《カシラ》が死んだ日のことだ。覚えてるな？」

「そりゃ、もう」

ミツオは、沈痛な表情になる。先月死亡した若頭《わかがしら》――組のナンバー2だった岡崎政《おかざきまさ》嗣《つぐ》は、組員全員から慕われていたのだ。もちろん、野々垣は例外だが。

「あの日のおまえの行動を、もう一度、俺に教えてくれ」

「は。ええと……どっから？」

「おまえは、居眠りしてたんだよな？」

「いや、眠ってなかったっす。ちょっと、横んなってただけで」

「怒ってるんじゃねえ。事実を知りたいだけだ」

野々垣は、我慢して優しい声をかけた。

「それに、おまえが眠くなったのも、しかたがねえ。俺がやったチョコレートボンボンのせいなんだろう？」

「いや、違います。兄貴のせいなんかじゃねえっす」

ミツオは、あわてたように首を振った。

「おまえは、大酒呑んでたせいで、脳が縮んだだけじゃなく、肝臓もカチカチだもんな。だから、いつもは禁酒してた。それが、たまにアルコールが胃に入ると、たちまち回って、すぐにぐでんぐでんになっちまうんだよな？」

「俺、いつもは禁酒してます！　組長《オヤジ》に言われたんすから」

ミツオは、唾を飛ばして力説する。

「酒は百薬の長なんて言うが、とんでもねえ。アルコールは、身体をめちゃめちゃにする。おめえが酒を飲むのは、てめえの首をゆっくり絞めてんのと同じことだぞって……」

「わかったわかった」

野々垣は、手を上げてミツオを黙らせる。

「だが、おめえは、酒が三度の飯より好きだもんな。そんなおめえを不憫《ふびん》に思ったから、チョコレートボンボンを一箱やったんだ」

「はい。うまかったす」

ミツオは、よだれを垂らさんばかりの顔になった。

「そのことを、誰かに言ったか？　俺が、あの日、おめえにチョコレートボンボンをやったことをよ」

ミツオは、首がちぎれそうな勢いで左右に振った。

「誰にも言わないっす。兄貴に言うなって言われてたし」

ミツオは、嘘をつくと、目に見えて挙動不審になる。この言葉は信用できるだろう。

「そうか。それで、どうした？　おまえは、ソファでうとうとしてたんだよな？」

「音が聞こえて、飛び起きたっす」

「銃声だな」

「はい。それで、ソファから落っこちて、起きて、そんでから見に行ったら」

ミツオは、その時の光景を思い出したらしく、身を震わせた。

「この部屋だな。岡崎の若頭《カシラ》は、ちょうど、今俺が座ってる場所にいた」

「はい」

「死んでるのは、すぐにわかったな。それから、どうした？」

「俺、飛び出して」

「この部屋から？」

「はい。そんで、電話して……兄貴が出なかったんで、坂口《さかぐち》の兄貴に」

「それから？」

「事務所から飛び出して」

「どうして外へ行った？」

「俺、泡喰ってて。事務所にいるのも怖かったんで」

ミツオがパニックに駆られて事務所を飛び出して行ったせいで、射殺せずにすんだのは、僥倖《ぎょうこう》だったたかもしれない。とはいえ、結局は、始末せざるを得なくなってしまったが。

「まあ、しょうがねえな。岡崎の若頭《カシラ》が自殺して、おめえもパニクってたんだろう」

野々垣は、身を乗り出して、ミツオを睨み据えた。

「訊きてえのは、その後のことだ。おめえは、マンション中、馬鹿みたいに上から下まで走り回ってたんだったな？」

「どうしていいか、わかんなかったんで」

「だが、マンションの廊下から、ふと下を見たわけだ？」

「車の音がしたから」

「すると、ちょうど車が走り去るところだった。車種は何だった？」

「フーガっす」

「そのとき、ナンバープレートも見たんだな？」

「はい」

ミツオは、読み取った番号をすらすら答える。元ボクサーの動体視力には驚かされるが、一月たった今では、完全に忘れていることを期待したのだが。

「そうか。それで、そのナンバープレートを付けてんのは、誰の車だ？」

ミツオは、もじもじとした。

「遠慮しねえで、答えろ。そいつは、誰の車だったんだ」

「兄貴の……」

野々垣は、うなずいた。

「そのことは、誰かに話したか？」

「誰にも言わねえっす！　兄貴が、犯人は見つけるから誰にも話すなって、言ったじゃないすか？」

「そうだな。そのとおりだ。誰かが、俺の車を勝手に使ってたんだ。いろいろ調べた結果、そいつは、だいたい目星がついた」

「え？　誰だったんすか？」

ミツオは、目を丸くする。

「はっきりわかったら、教えてやる。だが、どっちにしても、若頭《カシラ》が死んだのは自殺だったんだ。そのことは、組の検分で結論が出てる。おめえも、それはわかってるな？」

「はあ。もちろんっす」

ミツオは、何度もうなずいた。しかし、その目は、きょときょとと左右に泳いでいる。

こいつは、今、嘘をついている。そのことを、野々垣は確信した。

つまり、岡崎が死んだのは、自殺じゃなかったかもしれないと疑っているのだ。

可哀想だが、この馬鹿を始末しなくてはならないことが、ますますはっきりした。

だいたい、岡崎の屑野郎が、余計なことにクチバシを入れたりしなければ、こいつまで殺す必要はなかったのだ。

野々垣の脳裏に、大物気取りが鼻につく、岡崎の芝居がかった声がよみがえる。


「本来なら、ただちに破門にするところだ。おめえは将来うちの組を背負《しょ》って立つ人間だと思えばこそ、組長《オヤジ》にも報告せず、こうしてチャンスをやってるんだぜ」

岡崎は、太い眉の下にある大きな目をぎょろりと動かして、野々垣を見据えた。今どき、大工の棟梁みたいなスポーツ刈りに、東映のヤクザ映画の主人公のような端正なマスク。時代錯誤も甚だしい、ナルシストの勘違い野郎だった。

「若頭《カシラ》。俺は組に禁じられてるシノギに手を出したことはありません。ただ、昔、渋谷でつるんでた連中が、助けがほしいと言ってくるもんで、ついほだされて」

「馬鹿野郎！」

岡崎は、一喝する。

「おめえは、もう渋谷のギャングじゃねえんだぞ。塗師組の代紋背負ってんだ。わかってんのか？」

野々垣は、腹を決めた。岡崎は、妙な潔癖症の格好付け野郎だが、戦闘力は侮れないし、必要とあらば冷酷にもなれる。さいわい、まだ薬のビジネスのことはつかまれていないが、万が一知られてしまったら破門や絶縁は軽い方で、下手をすれば命がないかもしれない。その前に、手を打つ必要があった。

どうせ、組を掌中にするためには、いつかは排除しなきゃならない邪魔者だ。だったら、この機会に片付けるのが最善の策だろう。

「わかりました。若頭《カシラ》のおっしゃるとおりにいたしますんで。身辺をきれいにするのに、二、三日猶予をいただけませんか」

「いいだろう。三日だな？　終わったら、俺んとこに報告に来い」

野々垣は、深々と頭を下げたが、岡崎の言うとおりにするつもりはさらさらなかった。

拳銃の保管場所から岡崎の銃を盗み出しておき、二日後、岡崎を事務所に呼び出した。岡崎が現れたとき、事務所には野々垣とミツオの二人しかおらず、ミツオはというと、チョコレートボンボンを一箱食べたせいで、真っ赤な顔をしてソファで眠りこけていた。

「どうした？　もう、決まりはついたのか？」

岡崎は、顔を上げて訊ねる。

「はい。こうさせてもらうことに」

野々垣は、拳銃を抜き出すと、岡崎の眉間にぴったりと突きつけた。岡崎が、反射的に右手で拳銃を押さえようとした瞬間、引き金を引く。

轟音。背後の壁に脳漿《のうしょう》が飛び散り、岡崎は、椅子の上でぐったりとなった。

応接室から、ミツオが飛び起きたらしい物音が聞こえてきた。野々垣は、とっさに、机の後ろに隠れた。目の前には、生命を失った岡崎の手がだらりと垂れ下がっている。

ミツオが部屋に飛び込んできた。岡崎の姿を見て、悲鳴のような声を漏らし、しばらく嗚咽していたが、部屋から飛び出していった。

野々垣は、机の後ろから立ち上がると、拳銃を岡崎の手に握らせた。そのまま床に滑り落ちたが、指紋さえ付ければいい。

ミツオは、隣の事務室で誰かに電話している。野々垣の携帯は電源を切ってあるので、たぶん、坂口にでもかけているのだろう。

野々垣は、ゆっくりと部屋を出た。ミツオを殺してしまったら、岡崎が自殺したというシナリオが怪しくなるが、場合によってはしかたがない。

ところが、ミツオは、一足早く事務所からも飛び出していった。

野々垣もまた、そっと事務所から滑り出た。階段を使って一階まで下り、車に乗り込む。無事に車を出したときには、完璧だとほくそ笑んでいた。現場に誰もいなかったことは、ミツオが証言してくれるだろう。まさか、そのとき上からミツオに目撃されているとは、想像だにしていなかった。

「兄貴。どうしたんすか？」

黙り込んでいる野々垣を見て、ミツオが、心配そうに訊ねる。

「いや、何でもねえ。……ちょっと若頭《カシラ》のことを思い出してたんだ」

野々垣が答えると、ミツオは、しんみりした様子になった。

「そうだ。おめえに、いいものを見せてやるよ」

「いいもの？　へっ？　何すか？」

ミツオの顔が、期待で輝く。

野々垣は、ゆっくりと机の引き出しを開けた。

数分後、野々垣は、組事務所のドアを開けると廊下に出た。監視カメラが、自分の顔を映しているのを意識する。背後に向かって一言二言しゃべってから、エレベーターまでの廊下を歩いて行った。途中で携帯電話を取りだして、短縮ダイヤルを押す。相手が出ると、いろいろと細かい指示を与え始めた。

それから、廊下の途中で立ち止まった。

一階でエレベーターを降りると、三十分くらい前に呼んだ犬山直人《いぬやまなおと》の姿が目に入った。愛車のフーガのそばで、所在なげにタバコをふかしている。

野々垣は、エントランスを抜けながら電話を切り、マンションの玄関を出た。

「お疲れ様っす」

犬山が最敬礼すると、フーガの後部ドアを開けて出迎える。日頃から怖さを教えてやっているだけに、緊張感のある動作だった。ところが、野々垣が近づいたとき、ぴくぴくと鼻をうごめかすのが目につく。

この犬野郎が。野々垣は、腹の中で罵った。おまえは警察犬か。いったい何を嗅ぎ付けたんだ。

振り向いて、ちらりとマンションを見上げた。まだか。

「犬山。ちょっと待て」

野々垣が、車に乗り込みかけて止めると、犬山は、怪訝な顔になった。

「最近、どうも、誰かに盗聴されてる節がある。車の下に発信器が付けられてないか調べてくれ」

「はあ……」

犬山は、しかたなく這いつくばって、車の下を確認した。犬にはふさわしい仕事だと、野々垣は心の中で冷笑する。

「何もないようですが」

「本当か？　もうちょっと、よく見てみろ」

野々垣がそう言ったとき、銃声が響いた。

犬山は、はじかれたように起き上がり、マンションを見上げた。音が聞こえてきたのは、マンションの上階——事務所の方からだった。塗師組は実戦経験豊富な武闘派集団なので、犬山にも、それが銃声であることはすぐにわかったようだ。

犬山は、緊張した面持ちで、野々垣の指示を待つ。

野々垣は、口元が緩みそうになるのをこらえながら、犬山に向かって付いてこいと言い、マンションの中へと取って返した。

2

榎本径《えのもとけい》は、組事務所のドアを開けようと悪戦苦闘していた。

厚さ1・6㎜の折り曲げ鉄扉が、3・2㎜の鉄板により裏から補強されているために、ドリルで穴を開けるのは困難だった。おまけに、ドアポストも内側から溶接されており、サムターン回しを入れることができない。

ワンドア・6ロックという、普通では考えられないほど厳重な施錠ぶりであり、しかも、ピッキングがきわめて難しくて、バンピング対策も万全、ドリリングもまず不可能という錠前が付いている。

これで普通の料金では割に合わないが、相手が相手だけに、そんなにふっかけることもできないだろう。

「ねえ、まだなの？」

さっきからしきりに催促しているのは、組長の娘である塗師美沙子《みさこ》だった。どう見ても、まだ二十歳そこそこの美しい娘だったが、切れ長の目は、堅気にはない鋭い眼光を放っている。その後ろには、美沙子のボディガードらしい坂口と、事件を連絡してきた犬山とが控えており、さらにその後ろで難しい顔をして腕組みをしている男は、野々垣と呼ばれていたが、横柄な態度や仕立てのいいスーツから判断すると、幹部のようだ。困ったことに、塗師武春《たけはる》組長はガンで入院中らしい。

「すみません。これはまだ、もう少しかかると思います」

「鍵屋。さっきから、もう少し、もう少しって、言い訳ばっかじゃねえか！」

見るからに厳つい風貌で筋骨隆々の坂口が、苛立った声を出す。

「なにぶん、普通のドアじゃないですからね。……それにしても、鍵がないっていうのは、どうしてなんですか？」

黙っていると、ますます立場が悪くなりそうだったので、榎本は、やんわりと反撃した。

「ここの鍵は、たしか、野々垣が管理してたのよね？」

美沙子が、振り向いて訊ねる。

「そうですが、鍵を落としたり奪われたりしたら、一大事ですからね。極力、持ち歩かないようにしてたんすよ」

野々垣は、身長が百九十センチ近く、薄い眉の下の切れ長の目は、ほとんど瞬かない。周囲のすべてを見下しているような傲岸不遜な態度だが、唯一人、美沙子に対してだけは気を遣った話し方をしていた。

「まあ、事務所内には、必ず誰かは残しておくことにしてましたからね。こういう事態は想定してませんでした」

「それにしても、いざというときのためのスペアキーくらい、どこかにないの?」

「それが、銀行の貸金庫に入れてあるんですが、あいにく今日が日曜日なもんで、出せないんすよ」

榎本は呆れた。不手際というより、わざとやってるとしか思えないほどの間抜けさ加減ではないか。

ふと野々垣から香ってきた臭いに、眉をひそめる。この男は、油断ならない見かけとは裏腹に、自分を律することのできない人間なのだろうか。

「銀行に強く言って、貸金庫を開けさせたらどうですか? 事情を説明すれば……」

榎本のアドバイスに、坂口が、嚙みつきそうな声を出す。

「その事情を説明したくねえから、おまえを呼んだんだ!」

「それに、このご時世に、ことさら警察の注意を引くようなことはしたくないの」

美沙子も、沈んだ声で言う。

「ですが、もし、中にいる人が、急病で意識を失ってたりしたら」

榎本は言いかけたが、険悪な雰囲気を感じて、途中で言葉を呑み込んだ。

こんな鍵を一つ一つピッキングしていたら、全部で何時間かかるかわからない。結局、一度開けかけて断念した穴に、もう一度チャレンジすることにした。

ドリルビットを一つだめにしてしまったが、二十分ほどかけて、何とか穴を貫通させることに成功した。そこからサムターン回しを挿入したが、サムターンもまた一筋縄ではいかなかった。プラスチック製のサムターン・ガードが付いていたのだ。

一度サムターン回しを引き抜くと、サムターンの魔術師との異名を取った知り合いから譲り受けた、『アイアイの中指』と呼ばれる特製の道具に代えた。先端に付いた鋸歯で、プラスチック製のガードを破壊して、ようやくサムターンを回すことに成功する。

六つの鍵を攻略するのに一時間半ほどかかったが、これでも奇跡と言えるくらい迅速な仕事ぶりだっただろう。

ようやくドアを開けかけると（厚い鉄板を貼ったドアは、よく蝶番が保つと思うくらい重かった）、また何かに阻まれる。内からドアガードがかかっているのだ。

「ああ……まだあるの？」

美沙子が、溜め息をついた。

「これなら、だいじょうぶですよ。ほとんど、時間はかかりません」

榎本は、専用の工具を使って、いとも簡単にドアガードを外した。榎本を除く全員が、慌ただしく中に入ろうとする。

「それでは、私は、これで失礼いたします」

榎本は、その場に留まって頭を下げた。ここで代金をもらえないとしても、これ以上は関わらない方が無難だろう。

そう思っていたら、美沙子に腕を引っ張られた。

「榎本さんも、入って」

「しかし、私の仕事は、もう終わりましたから」

「榎本さんは信頼できる人だって、父が言ってたわ。ひょっとしたら、身内以外の証人が必要になるような気がするから」

美沙子は、真剣な目で、迷惑千万なことを言う。

「お嬢、待ってください。組事務所に部外者を入れるのは、まずいっすよ」

難色を示したのは野々垣だった。そのとおりだ。もっと言えと、榎本は内心でエールを送る。

「俺も、そう思います。今回ばかりは、野々垣の言うとおりですよ」

坂口も同調したが、おや、と榎本は思った。どうやら、坂口と野々垣は、あんまり仲が良くないらしい。それに、野々垣と呼び捨てにしているところを見ると、地位も対等か、坂口の方が若干上なのかもしれなかった。

「鍵屋。おめえは帰れ。今日見たことは、誰にも言うんじゃねえぞ」

坂口の念押しに、榎本は、わかりましたと答える。撤収だ、撤収。

「いいえ。榎本さんにも、立ち会ってもらいます」

美沙子が、断固とした口調で、榎本の希望を打ち砕く。

「さあ、上がって」

美沙子に強引に引っ張られて、榎本は、組事務所に入った。

目よりも先に、鼻が異状を察知していた。火薬の臭いだ。まさか部屋の中で花火をしたわけではないだろう。

見たくない。

何を見ることになるのかは、予想がついた。証人になんか、なりたくなかった。

そして、榎本の予想は、ほぼ完璧に的中した。

一番奥まった部屋で、一人の男が椅子に座って事切れている。上体は背もたれに乗り、開いた口は天井を向いている。部屋の中には、玄関から臭った硝煙がかすかに漂っている。だらりと垂れた手の先に、拳銃が落ちている。

男は、口に向かって発砲したらしく、後頭部に穴が開き、背後の壁には、血液と脳漿が飛び散っている。


「こいつは、自殺だな」

野々垣が、今日はいい天気だなと言っているような平静な声でつぶやいた。

「若頭《カシラ》のときと、まったく同じだ。せめて、同じように死にたかったのかもしれねえな」

「そんな……ミツオくんが」

美沙子は、ショックのせいで蒼白な顔色になっていた。

「信じられない。ううん、そんなの、ありえない。ミツオくんに限って。きっと、誰かに殺されたのよ！」

「お嬢。組事務所は、普通のマンションの部屋とは違います。窓にも鉄格子が嵌まってる完全な密室なんです。誰かが中に入ってミツオを殺すことは不可能っすよ」

野々垣が、諭すように言う。

密室という言葉を聞いたとき、榎本はこっそりと溜め息をついた。なぜ、こんな事件にばかり付きまとわれるのか。この連中に警察に通報しましょうと言っても、たぶん無意味だろうし。

「でも、ミツオくんが、どうして自殺しなきゃならないの？」

美沙子は、まだ納得できないらしく、叫んでいた。

「ミツオは、若頭《カシラ》を慕ってましたからね。若頭が自殺したときも事務所にいたし、たぶん、責任を感じてもいたんでしょう。おそらく、後を追ったんだと思います」

野々垣は、淡々と説明する。

死体があっただけでもとんでもない事態なのに、話は、ますますキナ臭くなっていく。これ以上、関わり合いになりたくはなかったが、同時に、榎本は遺体と部屋の様子に不審を感じていた。

「これは、いったい何でしょうか？」

榎本は、床から数ミリ四方の紙切れを拾い上げる。

「……黒いボール紙のようですね。細かくちぎれた」

「火薬の臭いがするな」と、犬山組員が紙切れに鼻を近づけて言う。

野々垣は、眉をひそめて凝視したが、なぜか動揺した様子で目をそらす。

「何なの、それ？」と、美沙子。

「わかりません。ですが、自殺だとすると、少々妙な点があります」

八田の口元を指す。唇と前歯が吹き飛んでいる。

「ふつう自殺するときは、確実に死ねるように拳銃をくわえるものですが、拳銃を口から少し離した状態で発射しているようですね」

「じゃあ、やっぱり、誰かが撃ったっていうこと？」

「ああ？　おめえは刑事か？　鍵屋ふぜいが、よけいな口を出すんじゃねえ！」

野々垣が、不機嫌な声で榎本を牽制する。

「でも、ドアの鍵は合鍵があればかけられるわね。榎本さん。さっきドアガードを簡単に開けてたけど、あれは、外から閉めることもできるの？」

「ドアガードやドアチェーンは、ただ瞬間的に侵入をストップするだけのものですから、やり方さえ知っていれば、外部から開け閉めするのは簡単です。実は、さっき私が使ったような特殊な工具も必要ないんですよ」

「てめえ、俺がやったとでも言うつもりか？」

野々垣は、美沙子には向けられない矛先を、榎本に向ける。

「……とにかく、監視カメラの映像を見てみましょう」

見るからに凶暴な大男たちの中にあって、この場を仕切っているのは依然として美沙子だった。

　全員で監視カメラの映像を確認して、厳しい表情の坂口がうなずいた。

「これを見る限り、野々垣が事務所を出たときには、ミツオはまだ生きていたはずです。野々垣はドアに触ってないから、鍵をかけたのもミツオとしか考えられません。その後、俺たちがここに来るまでの間、監視カメラには何も映っていません。……お嬢。こいつは、やはり自殺としか思えませんね」

「あたりまえだ。まさか、本気で俺を疑ってたわけじゃねえよな？」

　野々垣は、じろりと坂口に眼《ガン》をくれる。

「やれたとしたら、あんたしかいねえからな」

　坂口は、平然と野々垣を見返した。

「わかったわ。ミツオくんは可哀想なことをしたけど。榎本さん。このことはくれぐれも他言無用にお願いします」

　美沙子が言う。

　坂口が、蛇革の財布から十数枚の万札をつかみ出して手渡そうとした。

「ちょっと待ってください。まだ、自殺と結論を出すのは時期尚早だと思います」

黙って金を受け取って立ち去った方が無難だとは思ったが、榎本は、どうしても黙っていられなかった。

「ふざけるな！　てめえが、ごちゃごちゃ茶々入れることじゃねえんだよ！」

野々垣が威嚇するが、美沙子が制する。

「榎本さん。それって、何か根拠があるの？」

「第一に、タイミングが妙だとは思いませんか？　なぜ、一人で留守番しているときに、死ぬ必要があったんでしょう？」

「一人のときしか、拳銃を持ち出せなかったからだろうが」

野々垣が、吐き捨てる。

「それにしても、ドアの鍵を内側からかけて自殺なんかしたら、組に迷惑をかけることはわかりそうなものです」

「は。ミツオは、アルコールで脳が半分溶けてたからな。そんなこたあ、かまっちゃいられなかったんだろうよ」

野々垣が、せせら笑った。さすがに、白けた空気が漂う。

「そんな言い方は、ひどすぎるでしょう！」

美沙子は、気色ばんだ。

「アルコール？　というと、八田さんはアル中だったんですか？」

榎本の問いに答えたのは、美沙子だった。

「ええ。だから、ときどき記憶が定かじゃないことがあったし、あまり複雑な指示はこなせなかったわ。でも、ミツオくんは、他人に迷惑をかけるようなことは絶対しなかった」

「なるほど。今でも飲酒することはあったんですか？」

「いいや。ミツオは無類の酒好きだったが、組長《オヤジ》に言われて、すっぱりと禁酒したんだ。『おまえがこのまま酒を飲み続けるのは、てめえでてめえの首を絞めてるようなもの——ゆるやかに自殺してるのと同じだぞ』ってな」

坂口が補足する。

飲酒は、ゆるやかな自殺……。よく使われる表現だが、榎本は、はっとした。

ばらばらだった断片が、その瞬間、一つに結びついたような気がする。

「どうやら、おおよその手口は見当がつきました。これは自殺ではありません。れっきとした殺人だと思われます」

「本当？」

美沙子が叫ぶ。

「どうやったっていうの？」

美沙子は、ちらりと野々垣を見やる。

「それを説明する前に、いくつか教えてください。若頭は、八田さんと同じような状況で亡くなったんですか？」

「ええ。岡崎さんも、先月、拳銃自殺をしたの。ミツオくんと同じ椅子に座って」

美沙子は、目を伏せた。辛い記憶らしい。

「撃ったのは、やはり口の中でしたか？」

「いいえ。眉間だったわ」

「それも不思議な話ですね。角度が悪いと、弾が頭蓋骨に当たって逸れる可能性もあるし、銃口を当てるには、眉間よりこめかみの方が自然ですが。それが自殺だったというのは、間違いないんですか？」

「間違いねえ。手から硝煙の臭いがした」と、犬山。どうやら、そのときも警察には届けないまま処理したらしい。

「さっき、野々垣さんは、八田さんも事務所にいたと言ってましたが？」

「見つけたのも、ミツオくんよ。その日、ミツオくんは一人で電話番をしてたんだけど、岡崎さんが急に来て部屋に閉じ籠もったらしいの。ミツオくんは、ソファでうとうとしていたら、拳銃の発射音で飛び起きた。あわてて部屋に行くと、岡崎さんはすでに死んでいたって……ねえ、もしかしたら」

美沙子のつぶらな瞳に、ふいに雌豹のように凶暴な光が宿る。

「二人は、同じ手口で殺されたってこと？」

「いや、違うと思います。自殺に見せかけるという発想は、共通していますが」

榎本は、ゆっくりと答える。この世界では、一度口に出したことは、間違いましたではすまない。塗師武春組長がこの場にいない以上、万一の場合は、誰にも庇ってもらえないだろう。

「八田さんは、うとうとしていたと言いましたね。それも、犯人の工作によるものだった可能性が大ですが、その間に、犯人が侵入することは可能だったはずです。組員ならば、岡崎さんに近づいても、不審は抱かれなかったでしょう。そして、座っている岡崎さんの眉間に、いきなり銃を突きつけた」

「だが、若頭《カシラ》の手からは、たしかに硝煙の臭いがした。かりに警察《デコスケ》が検査したとしても、火薬残渣反応が出てたはずだ。ミツオは銃声は一回きりだったと言ってたし、見つかった弾丸も一発だけだったから、銃を握らせてもう一発撃つって小細工もできねえし」

　犬山が反論する。

「岡崎さんは、とっさに銃をつかんだんでしょう。その瞬間に弾が発射されれば、手には硝煙が付着します」

　ヤクザたちは、絶句した。単純すぎて、盲点になっていたのかもしれない。

「でも、ミツオくんは、銃声を聞いて、すぐに部屋に飛び込んできたのよ？」

「それから、どうしました？」

「部屋を飛び出して、隣の大部屋から電話をかけたはず」

「その後は？」

「マンションの中をうろうろしてたみたい。事務所に一人でいるのが怖かったらしくて」

「だったら、犯人は、ほんの一瞬、この部屋のどこか——机の後ろにでも隠れていればよかったのでしょう。そして、八田さんがいなくなってから、隙を見てこっそり抜け出したんです」

　榎本は、野々垣の表情を窺った。無言のまま、氷の刃のような目が突き刺さる。

「もし、誰かが本当に岡崎さんを殺したんなら、わたしは絶対に許さない。でも、それが、ミツオくんの事件とどう関係するの？」

「現時点では、そこまではわかりませんが、想像なら可能です。八田さんは、岡崎さんが亡くなった現場で、犯人にとって不都合な何かを見てしまったのかもしれません。だから、口封じのために殺された」

「おもしれえ鍵屋だな。いや、気に入ったわ」

野々垣が、不気味な笑みを浮かべて言う。

「だけど、そこまで言っちゃったら、ただじゃ済まねえなあ。聞いてると、俺が犯人だと面と向かって言ってるようなもんだからな」

野々垣は、榎本のすぐそばに来て、物凄い目で見下ろした。

「証明してみな。できたら、おまえの勝ちだ。しかし、できなかったときは、わかってるよな？　組長《オヤジ》の知り合いだろうが何だろうが関係ねえ。ヤクザの面に唾を吐きかけたら、後はもう、どっちかが死ぬって結末しかねえんだよ」

「……わかりました。それでは、証明してみましょう」

榎本は、覚悟を決めて言ったが、今日は厄日かもしれないと思う。どうして、一円にもならないことで命をかける羽目になったのだろう。本音を言えば、泣きたいような気持ちだった。

3

「最初に、この組事務所ですが、めったにないくらい完全な密室と考えていいでしょう。その点は、たしかに野々垣さんの言ったとおりです」

榎本は、窓を指さした。

「窓格子は、最も強度の高いステンレス製のようですが、この太さだと特注でしょうね。一般家庭用のちゃちな縦格子とは違い、侵入も脱出も不可能です。ベランダの方はさらに厳重で、鍵があったら鉄格子を抜けてベランダには出られますが、カナブンよりも大きな生き物には金網を抜けることはできません。したがって、犯人は、玄関ドアを通る以外に、出入りする方法はなかったことになります」

「だが、監視カメラには、誰も映っていなかった。野々垣以外にはな」

坂口が、眉を寄せ、鍾馗様《しょうきさま》のような目つきで訊ねる。

「はい。ですから、犯人は、野々垣さんとしか考えられません」

「あーあ。この鍵屋、とうとう言っちゃったよー。俺が犯人だって。こいつは、いよいよ、取り返しがつかねえなあ」

野々垣が、笑いながら言うが、ほかに笑う者はいない。

「しかし、それはありえねえだろ？　野々垣が玄関を出た後、鍵をかけたのはミツオしかいねえじゃねえか？」

坂口が、太い腕を組んだ。

「ちょっと待って。でも、ミツオくんの姿は、監視カメラには映っていなかった。もしかしたら、このとき、もうミツオくんは殺されてたってこと？」

美沙子が、真剣な表情で訊く。

「いいえ。ドアを施錠したのは、まちがいなく八田さんでしょう。野々垣さんは、外から施錠することはできませんでした。鍵もなかったし、ドアに手すら触れていないことは、監視カメラの映像が証明しています」

「だったら……どうなるの？　やっぱり、自殺だったとしか」

美沙子は、狐につままれたような顔になった。

「野々垣さんに、お伺いしたいんですが」

榎本は、黙って佇んでいる長身のヤクザに向かって言った。

「玄関を出てすぐに、どこかに電話をかけませんでしたか？」

野々垣は、答えなかった。

「電話？　どういうこと？」

代って、美沙子が反問する。

「監視カメラの映像を注意深く観察すると、野々垣さんの姿が画面から外れる直前ですが、内ポケットを探っているように見えたんです」

全員の目が、野々垣に集中した。

「……たしかに、電話はかけた。だったら何だってんだ？　ああ？」

「電話の相手は、誰ですか？」

「そんなこたあ、てめえにゃ関係ねえだろう！」

野々垣は、獣のように唸る。

「野々垣。答えて」

美沙子が促したが、野々垣は無言のままだった。

「履歴を調べれば、すぐにわかることですよ」

榎本は、追い打ちをかける。

「ふん。俺のケータイの記録を、どうやって調べるつもりだ？」

野々垣は、せせら笑うように歯を見せた。

「いいえ。携帯電話ではなく、事務所の固定電話の着信履歴の方です。野々垣さんの携帯電話なら、当然、事務所の電話には番号が登録されているでしょうからね」

榎本と野々垣を除く全員が、呆気にとられたようだった。

「何？　野々垣は、玄関を出てすぐ、事務所にかけたっていうの？　何のために？」

「待てよ。昔のドラマかなんかで見たことがあるぞ！　てめえ、電話でミツオに死ぬよう命令したんじゃねえのか？」

「坂口さんよ。前から思ってたんだが、てめえ、馬鹿だろう？」

野々垣が、挑発するように口を歪める。

「そりゃあ、たしかにミツオは俺の言うことは何でも聞いてたさ。だからってな、電話で死ねと言われて死ぬやつがいるか？」

「催眠術だ」

坂口は、大まじめに言い返す。

「ミツオは催眠状態だった。そこへ電話で意識下に埋め込まれたキーワードを聞かされて、自殺したんだ」

意外なことに、こう見えても、ミステリードラマのファンなのかもしれない。

「俺にそんな面白い真似ができるんならなあ、ミツオの前に、てめえをぶち殺してるよ」

野々垣は、いかにも馬鹿馬鹿しいというように両手を広げる。

「……たしかに、催眠術で八田さんを自殺させたという説は、少々無理があると思います」

榎本が、議論を引き取る。

「催眠術では、普段その人がやらないようなことをさせることはできないと聞いたことがあります。だとすれば、自殺させるというのは、まず不可能でしょう」

「野々垣。さっきの質問に答えて。ミツオくんに電話して、いったい何を話したの？」

美沙子に再度訊ねられて、野々垣は、渋々といった体《てい》で答えた。

「居眠りしねえで、きっちり電話番をやるよう、釘を刺しといただけですよ」

「そんなことなら、わざわざ電話なんかかけなくたって、事務所から出る前に言えばいいじゃない？」

「歩き出してから、言い忘れたことに気がついたんでね」

どうやら、凶悪なだけでなく、口の減らない男でもあるらしい。

「鍵屋。言い出しっぺは、おめえだぞ。催眠術でないんなら、野々垣は電話で、いったい何を言ったんだ？」

坂口は、野々垣に何を言ってもはぐらかされるだけだと悟ったのか、榎本に話を振る。

「そうですね。はっきりとはわかりませんが、おおむね、野々垣さんの説明通りなのではないでしょうか」

「はあ？」

予想外の答えだったらしく、坂口が声を荒げる。

「何だ、そりゃ？　そんな話で、どうやってミツオを殺せたってんだ？」

「電話によって八田さんを死に至らしめたわけではありません。むしろ、死なないようにしていたんです。野々垣さんが一階に着いて、銃声のあったときのアリバイを犬山さんに証明させるまではね」

沈黙が訪れた。

「つまり、何でもよかったってこと？　ミツオくんを電話で縛って、何かをさせないようにしていただけ？」

美沙子が、頭の中を整理しているように、ゆっくりと言う。

「そのとおりです」

「なるほど。そこまではいい。だったら、どうして、ミツオは自殺なんかしたんだ？」

坂口も、頬に手を当てて、頭をフル回転させているようだった。

「犯人は、あるトリックを使ったんだと思います」

榎本は、ちらりと野々垣に目をやった。あきらかに、脅威を感じて固まっている。

「そして、もし、私が考えたとおりのトリックで八田さんが殺害されたとすれば、犯人はどこかに、動かぬ証拠を残しているはずです」

「証拠？　いったい何？」

美沙子が眉根を寄せて訊ねる。

「拳銃です」

「拳銃？　それだったら、事務所に残ってたじゃない？」

「ダミーの拳銃と言った方がいいでしょうか。犯人には、どうしてもそれを処分する必要があったはずなんですよ」

榎本は、廊下を歩きながら、並んでいるドアに目を光らせる。

「犯人は、事務所を出てから、廊下を歩いてエレベーターに乗って、一階で下りました。事務所の前と同様に、エレベーター内にも監視カメラがありますし、一階では犬山さんの視界に入ります。つまり、証拠を隠すことができたのは、事務所からエレベーターまでの、この廊下のどこかということになります」

榎本は、ゆっくりと廊下を歩きながら、説明する。

「このマンションは、昼間はほとんどの部屋が留守なようですね。しかし、いくら何でも、住人がいる部屋は使えないでしょう。だとすると、可能性のある部屋は、ここしかありません」

榎本が指さしたのは、表札がない部屋だった。

「電気メーターが回っている形跡がありませんが、組の方ならみなさん、ここが空き室かどうかは、ご存じでしょう？」

「たしかに、ここは、ずっと空き部屋だ」

坂口が答えた。

「では、ドアを開けてみましょうか」

榎本は、そのとき、後頭部に冷たい物が押し当てられるのを感じた。

「もういい。これ以上、てめえのタワ言につきあってる暇はねえんだ。ここで死ねや」

「野々垣。拳銃《チャカ》を引いて」

美沙子が、冷静な口調で言う。

「いや、これ以上素人にコケにされて黙ってたんでは、沽券に関わります。いくらお嬢の言葉でも、従えませんね」

「おい。止めろ」

坂口が、野々垣に拳銃を向けたようだった。こいつらは、いつも拳銃を持ち歩いているのか。榎本は、呆然としていた。正気の沙汰とも思えない。職務質問を受けたら、アウトではないか。

「ふん。てめえが引き金を引く前に、俺は鍵屋を撃つぞ」

「関係ねえ。好きにしな」

坂口は、冷然と言う。勘弁してくれ。榎本は、心の中で悲鳴を上げた。

そのとき、絶妙のタイミングで、エレベーターが上がってくる音が聞こえた。

「てめえら、廊下で何やってんだ？　とち狂ったか？」

痰の絡んだ老人の声。榎本は、心の底から安堵を覚えていた。

「組長《オヤジ》！」

「入院中なんじゃ？」

まわりから、驚いた組員たちの声が沸き起こる。

「てめえらが、雁首そろえて大馬鹿ばっかだから、おちおち入院もしてられねえんだよ。……榎本さん。ご苦労だったな」

「はあ。それより、今のこの状態を、何とかしてください」

「おい。二人とも、道具を引かんか！」

塗師武春組長の命令で、坂口が銃口を下げる。

「野々垣。てめえもだ」

野々垣は、しばらくためらっていたが、不承不承、銃を下ろした。

「すみません。この鍵屋が、俺がミツオを殺したとか、ふざけたことばかりぬかしやがるもんで」

野々垣は、組長に対してだけは、へつらうような口調で言う。

榎本は、ようやく頭を巡らせることができた。塗師組長は、ガンのせいか顔色は土気色だったが、背筋はしゃんとしていた。両側には屈強なボディガードが控えている。背広の内側に手を突っ込んでいるところを見ると、こいつらも武装しているのだろう。これだけ暴力団への警戒や締め付けが厳しくなっている中で、いったい何を考えているのか。

「榎本さん。どういうことかな？」

塗師組長の質問に、美沙子が小声で事情を説明する。

「……それで、犯人がその部屋に隠した証拠ってのは、いったい何なんだ？」

「今、お目にかけます」

榎本は、空き室の錠前をピッキングで解錠しようとする。組事務所と違ってありふれたシリンダーなので、いつもなら秒殺が当然だったが、拳銃を突きつけられた動揺のせいか何度もピックやテンションを取り落としそうになって、手元が定まらない。

「犬山さんに、ちょっと、お訊ねしたいんですが」

間を持たせるためもあって、質問する。

「答えろ」と、塗師組長。犬山は、頭を下げる。

「そもそも、今日、あなたが呼ばれたのは、なぜですか？」

「野々垣の兄貴の車を運転するためだ」

「そういうことは、よくあるんですか？」

「いや……めったにねえ。兄貴は、ふだんは自分で運転される」

よけいなことを言うなというように、野々垣は、咳払いをする。

「それで、銃声を聞いて、証人になったわけですね。野々垣さんがきたとき、何か異状に気づきませんでしたか？」

「異状？　……別になかったが」

「犬山さんは、鼻がきくようですね。さっきも、このボール紙に染みついた硝煙の臭いに気がついたでしょう」

つなぎのポケットから、さっき拾った黒いボール紙の破片を取り出して見せる。

「それが何だ？」

「野々垣さんからは、何か臭いがしませんでしたか？」

野々垣は、犬山を睨み付けていた。

「あ。そういえば……」

犬山は、はっとしたようだった。

「臭いって？」

美沙子が、眉間にしわを寄せる。

「私も、ドアを開けているとき、嗅いだような気がするんです。アルコール……おそらく、ウィスキーか何かの臭いがしたと思うんですが」

榎本の指摘に、犬山は大きくうなずく。

「たしかに、そうだ。あれは、シングルモルトだった」

「それで、野々垣さんは、てっきりアル中で昼間から飲んでいるのかと思ったのですが、そうではなかったようですね……あ。開きました」

榎本は、空き部屋のドアを開けた。ドアの内側にはドアポストがあったが、蓋を開けて中に手を突っ込もうとして思いとどまった。これを取り出した瞬間、ボディガードらに誤解されて、射殺される危険性がある。

「お嬢さん。たいへん申し訳ないのですが、この中にあるものを取り出してもらっていいでしょうか？」

美沙子が、ドアポストに手を突っ込むと、黒い自動拳銃を取り出して、呆然と眺める。

「おい。危ねえぞ。そいつは坂口に渡せ」

塗師組長が気遣わしげに言うが、榎本が答える。

「だいじょうぶです。それは、たぶん水鉄砲ですから」

「水鉄砲？　馬鹿にしないで。これはグロック17……間違いなく本物よ」

美沙子が、憤然と言う。

「ええ。そう思われるのも当然ですが、おそらくは本物を改造して作った水鉄砲でしょう。銃口を見てください」

美沙子は、言われたとおり銃口を覗いて、ぽかんと口を開ける。

「本当だ。穴が……」

銃口はほとんど塞がっており、ぽつんと針で突いたような穴が開いていた。

「撃ってみてください」

美沙子は、銃口を榎本に向けてから、真上に向け直し、引き金を引く。液体がわずかに噴出した。ウィスキーの匂いがする。

「グレンフィディック12年だ」と犬山。

「その水鉄砲は、持った感触では、本物の拳銃とまったく変らないはずです。逆に言えば、本物の拳銃の銃口にピンホールを開けた黒いボール紙の蓋を嵌め込んだら、その水鉄砲と区別が付かないでしょう」

「いったい、何の話だ？　儂《わし》には、さっぱりわからんが」

塗師組長が、困惑したように言う。

「みなさんは、水鉄砲に酒を入れて、口の中に発射してみたことはありませんか？」

美沙子は、はっとしたようだった。

「まさか……そうやって、ミツオくんを騙したっていうの？」

「そうです。犯人は、この水鉄砲に高級ウィスキーを仕込んで、事務所にいる間、何度も自分の口の中に向けて発射して見せました。本物の銃とそっくりの重さと感触を認識させるため、八田さんに水鉄砲を触らせたかもしれません。酒好きだった八田さんにとって、たまらない匂いだったでしょう。それから、犯人は、水鉄砲を鍵のかからない引き出しに入れてみせると、外出しました。禁酒中だけに、さぞかし抗しがたい誘惑だったでしょう。一人になると、八田さんは引き出しから水鉄砲を取り出して、矢も楯もたまらず自分の口の中に発射したんだと思います」

榎本は、野々垣を見る。

「ですが、それは水鉄砲ではありませんでした。犯人は、水鉄砲を引き出しにしまったようにみせて、実際には持ち去ったからです。そこに置いてあったのは、本物の拳銃でした。銃口はピンホールの開いたボール紙で蓋をしてあったため、八田さんは、水鉄砲と信じて疑わなかったでしょう。安全装置はあらかじめ解除してあったのかもしれませんが、口に向けて引き金を引くと、銃弾が発射され八田さんは絶命しました。口から少し離して撃ったので、ボール紙の蓋だけでなく、唇や前歯まで吹っ飛ぶことになったんです」

「もういい」

塗師組長が、陰惨な声でつぶやき、野々垣を見やる。

「何だ、その姑息なやり方は？　ヤクザのやることじゃねえ。この外道が」

「じゃあ、ミツオくんだけじゃなく、岡崎さんも、あんたが殺《や》ったのね？」

美沙子が、火の出そうな目で野々垣を睨み付けた。

「待ってくれ。これは罠だ。こいつらが俺をハメようとしてるんだ。俺がやったっていう証拠は、どこにもねえはずだ」

野々垣は、蒼白になった。

「てめえの囀《さえず》りは、もう聞き飽きた。ヤクザに証拠はいらねえんだよ」

坂口が言い、野々垣に拳銃を向けた。犬山と二人のボディガードも、野々垣に向かってそれぞれ拳銃を構える。

「それでは、仕事も終わりましたので、私はそろそろ失礼します」

榎本は、手刀を切って、そそくさと現場を退散する。組員たちが立ち塞がりかけたが、塗師組長が、行かせてやれと顎をしゃくった。

報酬を貰い損ねてしまったが、今はそれどころではない。エレベーターに乗っている間、榎本はずっと両耳に人差し指を入れていた。

ジムニーに乗り込んでエンジンをかけたときに、マンションの上の方から、ようやく、ぱんぱんと乾いた音が響いてきた。

このマンションでは、みな何が聞こえても気にしないようだ。きっと、誰かが爆竹でも鳴らしたのだろう。

悲しみの子

七河迦南《ななかわかなん》

2008年、『七つの海を照らす星』（創元推理文庫）で第18回鮎川哲也賞を受賞し、デビュー。10年、受賞後第一作となる『アルバトロスは羽ばたかない』（東京創元社）が日本推理作家協会賞の候補となったほか、同年の「このミステリーがすごい！」「本格ミステリ・ベスト10」の国内部門ベストテンにランクインした。

1

「すみません浜野《はまの》さん、ちょっといいですか」

呼び止められて、県の女性相談員は立ち止まった。

声をかけてきたのは福祉局ホームページ上のイラスト付き掲示板コーナーをチェックしていたボランティアスタッフの女子学生だった。

ここは県民センターのフロアの一部を使ってＮＰＯが運営する「ハートランド・コミュ」の事務局で、浜野も県職員ではあるが、無給のボランティアとして顔を出している。

子どもや若者の自由なイラストやポエム、短文を随時募集し原則全て掲載するこのコーナーは、もともといじめや虐待・人間関係で悩む子どもたち自身からの相談を受けつける必要性が叫ばれたことから始まっている。当初は電話相談の窓口を設《もう》けたが相談は乏しく、多くの子どもに周知し自然に声を聞くにはどうしたらいいか、と担当者がアイデアを絞ったあげく、作られたものだった。

青少年支援のNPO法人に委託し、流麗なタッチのアニメ絵に彩られたホームページは予想を超えて好評を博し、日夜たくさんのティーンエイジャーが思い思いの絵や詩を投稿する人気コーナーとなった。仰々《ぎょうぎょう》しい相談窓口の宣伝よりも、皆の好きなアニメのキャラを描いたり、創作ポエムを載せたり、その感想を返したり、という中に悩みを抱えた子たちの訴えが垣間見えるのではないか。そんな仮説のもと、スタッフはページ内を巡回し、適宜《てきぎ》コメントを返したりしながら、特に心配な子は非公開のメール相談に導入したりしている。

しかし本来の狙いであった悩み相談的なものはやはり少なく、圧倒的多数の屈託のない投稿に埋もれているのが実際だった。とりわけ、二十一世紀最初の五輪がオリンピック発祥の地アテネで開かれた今年は、柔道や体操で日本選手の活躍が見られた上、女子マラソンでも二大会連続の金メダル獲得ということで、十月も終わりが近づいても、祝賀ムードの投稿が多かった。

福祉や心理の専門職を常時それらのチェックに充てる余裕はなく、法人のボランティアスタッフが気になる投稿をみつけると、これまたボランティア的に日替わりで入っている県内の福祉機関のスタッフに知らせ対応を委ねるのが現状だった。

かつては文学少女であり、アニメやコミックにも夢中になっていた浜野のことを思い出した高校時代からの友人に、スタッフが不足しているから是非手伝ってと熱く訴えられ参加することになったが、あまり出番はない。四十を過ぎ、本来の職場である隣の総合家庭相談センターでもベテラン職員として責任が重くなっていることを考えると、どこまで続けられるやら、というのが本音だった。

「見てくださいこのイラスト」

トリちゃん、と仲間から呼ばれているその元気のいい女子学生は、ＰＣの画面を指さした。そこには投稿されたイラストの一枚が映し出されていた。

中心左側にはスポーティーなパンツ姿で短髪の女の子、右側には慎ましやかな着物姿の女の子の二人が手をつないで立っている。左側の子のさらに外側には背広姿の男性が少女のもう片方の手を引っ張ってどうやら連れていこうとしているようだ。一方右側には華やかな金髪の女性が和装の少女の片手を引いている。両側から引き離されようとしている二人の少女はわずかに苦しそうな表情に見える。綺麗に描かれているだけに不穏な雰囲気が伝わってきた。

「この子よくイラストを送ってくれるんですけど、これまではもう少し明るい感じだったのに、今回印象が違います。何か訳ありじゃないでしょうか」

福祉学科の四年生で、その道に進みたいのだというトリちゃんは勢い込んで言う。

「訳ありっていうと？」

「この子たちは綺麗に描かれてますけど、表情は暗いですよね。なんだか苦しそう。大人の男と女はそれぞれを引っ張っていこうとしている感じ。無理矢理な感じで表情が硬いです。これはお父さんとお母さんだとしたら、もしかして二人は離婚してそれぞれ一人ずつ子どもを連れていこうとしているけど、姉妹は離れたくないと思ってるってことなんじゃ」

浜野は画面を眺めた。

「あなたの言うことも一理あるけど、何かポエムとかコメントはついてないの？」

「ないです」

「そうするとこの絵だけでなにか言えるとか、こちらから介入するとかは難しいわね」

「でも、何かはあると思うんです。メールアドレスに『何か心配があるなら相談に乗るよ』って返信してあげるだけでもいいんじゃ」

「こちらからメール送る場合の基準があるの。なんでも返信してたらきりがない」

トリちゃんは不満そうだったが、それ以上は言ってこなかった。しかし顔には、こういうメッセージを拾い上げてサービスにつなげていくのがそもそもこのコーナーの意義なんじゃないの、と書いてある気がした。いや、それは自分自身の思いなのだ。疲労が重なり、自分が後ろ向きになっているのはわかっていた。

真直ぐな女子学生の瞳から目をそらしたくて、浜野は、また何かあったら教えて、とだけ言って踵《きびす》を返した。

2

法条《ほうじょう》宏《ひろし》は、実家の玄関に入ると膨れ上がった両手のボストンバッグ、背負っていた山歩き用のリュックサックをドスンドスンと投げ出すように下ろし、大きく息をついた。音を聞いて飛び出してきた母親の清子《きよこ》が、まあまあこんなに重たいものを、と言って、自分で運ぶから、と言うのも聞かず、荷物を摑んでよろよろしながら奥に運んでいく。いいって言ってるのに、と思いつつも、この家に入るといつもほっとした気分になる。里帰りする、とはこういう気持ちになるということだろうか。

もちろんこれは意味がまるで違う、一方通行の帰省なのだ。ボストンには残っていた自分の衣類や身の回りのものを残らず詰め込み、リュックは家に置いてあった仕事関係の書類や本、パソコンなどで一杯になっている。家具は処分するなり転出先に持っていくなりアンナが好きなようにすればいい。

光《ひかる》には、できるだけ自分の大事なものはまとめてこちらに移すよう言ってあるが、まだあちらに残っているものは多い。光の心もまたそうだろう。アンナのような母親であってもすぐに切り捨てるということは十二歳の光には難しいかもしれない。でもそれは時間が解決していくはずだ。宏には、自分が光を育てていく親としてふさわしいという自負があった。光を第一に考え、彼女にふさわしいものを与え、育ててきた。男親だからだめだとは言わせない。光もわかってくれているはずだ。アンナではない。問題は——。

荷物を奥に運んだ清子が台所の食卓でお茶を入れてくれて、今夜はごちそうにしようね、と言う。子連れで実家に帰ってくるというのは年の行った両親からすれば頭の痛いことのはずだが、もともとアンナのことを好いていなかった清子にとってはむしろめでたいことのようだ。

「光ちゃんのものも早く全部こっちに運んでしまいなさいよ。後腐れのないようにした方がいいんだから」

そう言う清子に、そうは言っても、あっちの考えもあるし、母親なんだから顔を合

わせないわけにもいかないからな、と答えると、清子はきっとなって、

「光ちゃんは法条家の子なんだから、母親に会わせる必要はもうないでしょう」

「そうは言っても――アンナが引っ越したり、正式に離婚が成立するまではなんだかんだ顔を合わせないわけにはいかないさ」

親の性急さにたじたじとなりながら宏は答えた。

清子が夕飯の買い物をしてくるから、と玄関を出ていってしばらくした後、台所と居間を隔てる扉がそっと開き、光が顔を出した。

「おばあちゃん出かけたの？」

ああ、と答えると光はどこかほっとしたように戸口をすっとすり抜けて入ってきて、椅子を引いて座った。

「パパのものはみんな運んじゃったの？」

「ああ――おまえの方はだいたい整理できたのか」

「う、うん。パパが買ってくれた本とか、ラケットとか、みんな二階の部屋に運んだ。洋服はまだだいぶ残ってるけど――」

光は探るように宏の方を見た。

「似合わない服は置いてきていい。光がほしいのをまた買ってあげるから」

「わかった」

「後で公園に行ってテニスやろうか」

宏が誘うと、片づけが区切りついたらね、それまでお父さんも部屋で休んでたら？と光は答えた。

お言葉に甘えてひと休みするか、と十数年前に家を出てからも手をつけず残していた自分の部屋に入ろうとしたが、ふと忘れ物に気づき、食卓に戻ったのは光が居間から再び入ってきたのと同時だった。光ははっとしてわずかに身を捻《ひね》り、抱えていたものを宏の目から遠ざけようとしたように見えたが、それがいけなかったのか手を滑らせ、それらを床に落としてしまった。拾おうと身をかがめたのを止めるように、いいよお父さん、と言う光の声は狼狽していたが、時既に遅く宏は一本のＶＨＳテープを手にとっていた。

「クリスティン××年七月十五日日舞発表会」とやや不揃いながら丁寧な楷書体で書かれた文字はアンナのものだった。気まずい沈黙が流れた。

「あの、あっちの家はＤＶＤプレーヤーばっかりで、もうビデオデッキがないじゃない？　あっちじゃどうせ見られないんだからって、少し持ってきたの。お母さんもいいって――」

「お母さんは関係ない」宏は言った。「お母さんはもういないと思うんだ。光はお父さんと、おじいちゃんとおばあちゃんとこれからこの家で暮らすようになるんだから」

光は珍しく少し逆らうような口調で、

「でも、お母さんは言ったの。『クリスティンはあの人——お父さんのことよ——の娘でもあるんだから、彼にも忘れられては困るの』って」

「クリスティンの名前はもう出すな」

穏やかに言うはずが、つもりよりも強めの声が出た。

光はそれ以上何も言わなかった。顔にほんの少しだけ抗議の表情が浮かんだ気がしたが、黙ったまま、宏の持っていたテープをとると、後は振り向かず自分用に用意されている二階の部屋をめざして台所を出ていった。

宏はため息をついた。その名前を聞くのは自分だって辛いのだ。

彼は煙草に火をつけようとして、食卓の下に、さっき光が落としたテープがもう一本落ちているのに気づいた。きっと滑って入ってしまったのだろう。

そう思って拾い上げる。「×△年七月三日公園で水遊び光クリスティンパパも一緒」日にちは近いがこちらはもう何年も昔に彼が自らビデオカメラで録画したものだった。

その頃のことを思うと宏の胸には痛みが走った。この映像を撮った頃、そしてアンナが懸命にインデックスに文字を書き込んでいた頃、こうなるとは二人とも予想もしなかったはずだった。二人ともが同じ思いで無邪気に遊ぶ我が子の姿を追っていたはずだったのに、なぜこんなことに——そう思いかけて宏は首を振った。もう考えても仕方ないことなのだ。

3

帰ってみると、夫に由来するものがことごとく家からなくなっていた。彼女の留守中に荷物を引き揚げたようだ。

アンナはほっとした。もちろんいつまでもこの家にいるわけにはいかない。今の別居状態はあくまでも一時的なものだ。わたしとクリスティンのために早々に新しい家を借りなければならない。

娘のことを考えて一瞬アンナはどきりとして、リビングを覗き込んだ。夫が荷物と一緒に連れていってしまったのではないか、そんな不安がよぎった。

クリスティンはリビングのソファにちゃんと大人しく座っていた。安心しつつも、そんな不安にかられるのは、娘も荷物もいっしょくたに自分の都合ばかりを優先しそうな宏のせい、と思うと腹も立つ。

結局はこの家を建てたこともそうだ。借家住まいの頃宏は、実家は隣県だから日常的に訪ねてきたりはしない、通勤を考えてもY県を離れるつもりはない、と明確に言っていた。それは決して嘘ではなかったが、実際家を建てる話になってみると、場所選びから構造、間取りまで、アンナの意思はほとんど通らなかった。親の援助を受けているんだからある程度仕方ないだろう、と宏は彼女の主張を意に介さず、自分たちの収入に見合った家を、という彼女の考えは問題にされなかった。

確かに建った家は立派で綺麗だった。交通の便こそ決してよくなかったが、自然に囲まれた立地にこぎれいな庭、洒落《しゃれ》たエントランス、広々したフローリングのリビングと、南から陽光が射し込むゆとりのあるダイニングキッチン、家族一人一人に日当りのよい個室。初めて家に入った時はアンナもそれなりに嬉しかった。

しかし初日から夫の母親の電話がかかってきた。アンナとしても自分なりに気を遣って接していたつもりだが、やんわりと彼女の振る舞いや家の片づき具合、家具選び等について苦言が呈された。最初は仕方ないと思ったが、電話は度重なり、まるで彼女の行動がわかっているかのようで気味が悪かった。だんだんアンナは電話機のディスプレイに実家の市外局番が表示されるたびに気分が悪くなってきた。いつ鳴るかわからない電話を気にするより、予定を立てて実際に来られる方がいいと心にもない誘いもしたが、お邪魔になってはいけないから、と体《てい》よく断られ、結局はまた電話だ。夫に訴えても、気にかけてくれるのになぜ文句を言うのかと逆に咎《とが》められる始末。クリスティンがいなければとうに別れていただろう。何故か二人の間で離婚の話が本格的に出てから電話はなくなったが、遅過ぎたのだ。

電話が鳴ってアンナはびくりとしたが、ディスプレイを見て受話器をとった。アンナの母親からだった。

「ええ……クリスティンは元気よ……もちろん、宏さんに渡したりしない。大丈夫よ。だってあの人はクリスティンのこと何もわかっていない。知ろうともしないの。口先だけで、本当は関心なんかないのよ……新しい家をすぐみつけるわ。仕事がなかなか休めないから……ううん、そっちにはやっぱり行けない。仕事を変わるのは大変だし……心配しないで。すぐかたがつくと思うから。一段落したらあの子を連れて遊びに行くから……じゃあ」

電話を切ってアンナはため息をついた。父母はアメリカ人だが、大の親日家であった商社マンの父親は、三十代半ばで日本勤務となると、職場こそ全国を転々としたもののそのまま日本に居着いてしまい、母親の方もこの国が気に入ったようだ。おかげでアンナは旅行でしか本国を知らず、日本語の方が英語より得意なアメリカ人となった。職場の関係で実家のそばに越せないのは本当だが、親に心配をかけたくない気持ちの方が強い。離婚話は母に言ったほど順調に進むとも思えなかった。

クリスティンは広いリビングの大きなガラステーブルに参考書を積んで勉強していた。明らかに外国人にしか見えないというほどの異質さではないが、アンナから受け継いだ栗色の豊かな髪と色白の肌、引き締まった身体は母親のひいき目を抜いても同年代の少女たちの中で一際《ひときわ》目立つ。しかしその目立った見かけと裏腹に、彼女はもの静かな和風の少女だった。自分が少しかじったことのある日本舞踊を習わせたのはアンナ自身だったが、クリスティンはとても気に入ったようで熱心に通い上達した。

家の外から微《かす》かに話し声が聞こえていた。夫と義母の会話を思い出してしまうが、気のせいだ、と自分に言い聞かせる。

「宏さんはほとんど自分のものは持っていったみたいね」

「うん」

アンナは背の高いリビングボードに目をやった。ガラス戸棚の中に置いていた宏のお気に入りのブランデーやスコッチの瓶も、磨かれたクリスタルグラスも持っていったようで残されたものが目立つ。中に小さなマグカップが二つ並んでいた。何か幼稚園の園外行事の時に使うために買ったのだったか、一つには「ひかる」の名が、もう一つには「くりすてぃん」の名が大きく書かれている。

「光の名前が書いてあるものまだ残ってたのね」

アンナが何気なく言うと、クリスティンは少しあわてた顔で、

「いいよね。そこにまだ置いておいても」

と問いかけてきた。いいのよ、別に、という答えにほっとしたクリスティンの表情を見て、アンナの心はちくりと痛んだ。

クリスティンは光の名はもう口にしない。母が聞きたくないのを知っているからだ。娘を悲しませていることに気は咎めている。しかしもうどうしようもないのだ。

4

N県T町の福祉相談票より

【相談者】 法条清子

【相談主訴】 アメリカ人の嫁が孫を虐待する

【内容】 息子がアメリカ人の妻と別れることになり、実家に来ている。住民票も移したが孫の住民票は移せていない。母親（＝妻）が納得していない。子どもを手放そうとしない。昔から子どもの気持ちをまるで考えず嫌がることを強制した子育てをする人。これは虐待というんじゃないですか。親権を争ってますけど、虐待している母親には親権は行かないですよね。よく調査してください。

N県T町福祉課よりY県C市子ども家庭課への連絡

「（前略）こういう祖母からの相談があったんですが、父親の旧住所を調べたらうちでなくY県さんの方ということで……一応そちらで調べてもらえませんか」

C市境町　坂詰《さかづめ》主任児童委員よりC市子ども家庭課への報告

「週末で役所の方が動けないし戸籍課に文書の照会もできないっていうことで、わたしの方にとりあえずご連絡頂いたようなんですが、わたしも法条さんのご家族は直接存じ上げないんで……地区の民生委員さんに伺ったりしてみたんですが、確かに法条さんという方が何年か前に立派な家を建てて越してこられたんですが、近所づきあいがほとんどなく詳細はわからないそうです。ご近所からは、お正月に母と娘がお揃いで着物を着て歩いているのを見たが、親子の外国人らしい容姿と装いのいささかのミスマッチがかえって美しさを増し印象的だった、という話を聞いたことがあるそうです。お母さんは声が大きくはきはきしているようだが、特にきつく叱っているという話は聞こえてこないです。一方で民生委員さんご自身は、この家から父親らしい人が、光ちゃんというボーイッシュでスポーティーな格好をしたお嬢さんとテニスをしに行くのかラケットらしいものを持って出かけていくのを見かけたことがあるという話でした。娘さんは『ひかる』さんと呼ばれていたようです。お父さんはごく優しそうに見えたそうです」

Y県総合家庭相談センター電話相談票より

【相談者】 匿名（離婚予定のアメリカ人女性）

「あの……今度離婚することになって……夫はもう自分の実家に帰ってるんですが、娘の養育のことがまだはっきりしてなくて——はい、わたしもフルタイムで働いてるんで、経済的な問題はありません。え？　彼の浮気とか暴力とか？　そういうことはないです——もちろんわたしだってないですよ。性格の不一致っていうんですか、生き方の問題なんです……。

わたしの方で親権はとれるでしょうか。夫方の実家はひどくわたしを非難していて、一人で子どもを育てられるような女じゃないって言ってるみたいなんです。わたしの方は実家も遠いし……ええ、実はわたしアメリカ人なんです。それで夫の親はわたしをもともと毛嫌いしてたんです……ええ、一般的には、裁判所で親権を争う場合、母親が有利なんですか。ああよかった。特に小さい子の場合、ですか。うちは小学六年生なんですけど。ああ、年齢が上になるほど本人の意向が重視されるんですね。それは大丈夫です。娘はわたしのそばにいたいんです……。ああ夫自身ですか？　親でなく？　あの人はクリスティンのことなんか全然考えていないんです。彼女の気持ちを思ってあげようとしない……」

【相談員所見】　離婚後の親権についての相談。「クリスティン」と「ひかる」という娘さんたちの名前は断片的に出ていたが相談者は匿名で、詳細を訊く前に何か連絡が入ったらしく切れてしまったが、かなりこじれているらしく心配である。

5

宏が帰宅すると、光は居間にいた。清子が作った夕食は半分ぐらいしか手がつけられないままテーブルの脇に寄せられ、ノートパソコンの画面に見入っていた。Outlookが開いており、誰かとメールのやりとりをしていたようだ。

光は宏の方を見ると、お帰り、と言って何気なくパソコンを閉じた。

「食事ならおばあちゃんと一緒に食堂の方でとればいいだろう」

「うん、そのつもりだったんだけど、あんまり食欲がなかったから、時間ずらしてもらったの。それで、テレビ見るつもりだったから。食堂で好きなの見るとおばあちゃんに悪いでしょ？　それでこっちへ」

居間は光以外ほとんど使わなくなっている。大型の液晶テレビはスタンバイの赤いランプも点灯しておらず、口実のようだ。宏があの大画面のテレビを買った時には既に家族一緒に見ることなどほとんどなくなっていた。

アンナは専門家に相談しているらしい。親権を争うつもりなのか。彼はそんなに心配していなかったが、清子は不安になったらしく、役所に相談に行ったようだ。

清子のアンナ嫌いには彼自身辟易するところもあるし、それが結婚生活をだめにした一因であることは否定できない。実家との関係は一線を引いて、原則こちらの家庭に踏み込んでこないように、と清子には念を押したのだったが。なかなか理屈通りには行かず、アンナにも気の毒な面はあった。

しかし今となってはそんなことは言っていられない。彼が今守らなければならないのは光なのだ。そのためには他の何を犠牲にしても仕方がない。

アンナは何をしようとしているのだろう？

6

キッチンに立って夕食の準備をしていたアンナはあまりの静けさにふと不安になった。

火を消して廊下に出、娘の居室を覗いてみるが彼女の姿はない。

「クリスティン？」

あわてることは何もないと思いながらも名前を呼ぶ声がわずかに揺れる。

リビングのドアを開けるとクリスティンはテーブルのパソコンの画面をみつめてい

た。

何見てるの？　と問うと、少しあわてた様子で、

「別に、大したものじゃないの」

と言いながら、画面をスクロールしている。

何気ない風で覗き込むと、可愛いイラストがたくさん描かれた何かのホームページのようだ。

まあ何を見ていてもかまわない。ここにいてくれれば。

クリスティンは不思議そうな顔をして、なあに、ママ？　と問う。アンナはほっと息をついた。

自分でも心配し過ぎの気もするが、ちょっと見当たらないと彼女が連れ去られてしまったのではないか、という不安にかられる。夫は社会的地位もあり、強引に実力行使するタイプではないはずなのに。一番怖れているのは彼がクリスティンを連れ出したまま更に転居して行方がわからなくなってしまうことだった。法律には詳しい人だ。こちらが住民票を辿って行方を探れないような方法も知っているかもしれない。

彼女が自分のそばにいたいのはわかっているけれど、優しい娘のことだ。夫に切切と訴えられたら断ることができなくなるのではないだろうか。

夫はもともとは優しい人だった。だから姑の気持ちもとても重んじる。それは悪いことではない。自分がその姑に疎まれる嫁の立場でなければ。

ぱたんとPCを閉じたクリスティンが、ママ、テレビつけてもいい？　と訊く。

「いいよ」

アンナはうなずき、目の前のリモコンを拾って手渡そうとしたが、クリスティンは笑って、それ違うよ、と別のリモコンを取り出し、大画面のプラズマテレビのスイッチを入れた。

買ったはいいがほとんど見てもいない新型テレビ。自分は忙しくて操作さえおぼつかない。子どもが小さい頃は、旧型の不格好なブラウン管のテレビを家族みんなで見ていたのに。ずっと日本で暮らしてきたのに異邦人という思いが抜け切らないアンナは早く自分の家庭を持ちたいと願っていた。そしてリビングは団らんの象徴だった。どうしてこうなってしまったのだろう。夫はどうするつもりなのだろう。

7

浜野相談員は、担当の時間が終わって帰り仕度をしかけていた女子学生を呼んだ。

「トリちゃん、この間あなたが言っていた絵のことなんだけど」

トリちゃんは不思議そうな表情で振り向いて、どうしたんですか？　と反問した。

浜野はためらいつつ説明した。

「このところ、ちょっといろんな相談があってね」

一つ（と思われる）の家族をめぐって、父方の祖母から隣県の町役場への相談があり、C市境町の主任児童委員に調査が依頼されたこと、一方、総合家庭相談センターにたまたま入った離婚をめぐる電話相談の内容がこれと重なることを、両方の部門を束ねる課長がたまたま発見した。

「ちょうど週末でC市に住民票を調べてもらうことができなくてまだ確実にはわからないんだけど、どうやらこういうことらしいの」

法条、というこの家族は日本人の夫とアメリカ人の妻が離婚前提で別居しているが、光とクリスティンという娘がいるようで、この二人の親権をめぐる争いになるようだ。

「子どもたちはどう思っているんでしょうか」

「それはわからない。そこであの絵がもしかしたら、と思ったの」

トリちゃんがぽんぽんとキーボードを叩くとデスクトップの画面にあの絵が表示さ

れたので、浜野は驚いて、速いのね、と言った。

「いえ、すぐ呼び出せるようにしておいたんです。メールアドレスはわかるので、こちらからメールしてみましょうか。もしかしたら、と思って、コメントをつけておいたんで、連絡が入るかもって予測はしてるかも」

そう言うが早いかトリちゃんはメールソフトを呼び出すと文章を打ち始めた。

浜野はざっと目を通し、一つ二つ言葉を直しただけでＯＫを出した。

「ありがとう。引き止めてごめんなさい」

「わたし、少し残ってますよ」

「ううん、それじゃ悪いし、すぐには返事も来ないだろうから」

「大丈夫です。この後友達と待ち合わせがあるんですけど、だいぶ時間が空いてるんでちょうどいいです」

トリちゃんは交替で来た男子学生に、わたしもうしばらく端末見てるから、他の仕事やっててくれる？　と頼み、席に戻った。浜野は彼女の近くに座った。

「よくたくさんの投稿の中からその子に注目したわね」

「いえ、もともとわたしが覚えて当然の子だったんです。わたしの名前の由来をわかってくれた子なんで」

「トリちゃんの？　そういえばお名前もちゃんと聞いてなかったわね。鳥居《とりい》さん？　それとも服部《はつとり》さんとか？」

トリちゃんは一瞬きょとんとした顔をしたが、笑って、

「わたし、名前にトリ関係ないです。ここに来てる学生はみんなニックネームで呼び合ってるんで」

それは知っていたが、他の女の子が使うニックネームがたいがいマーズとかスピカとか外国語っぽかったので、てっきりこの子は本名由来なのだと思ってしまっていた。

「じゃあトリは――」

トリちゃんはちょっと恥ずかしそうな顔になって、

「えーと、『トリスタン』のはずだったんですけど」

「あ、『トリスタンとイゾルデ』の？」

「いえ、みんな当然それだって思うんですけど、わたしとしては、パトリシア・マキリップっていうファンタジー作家の『イルスの竪琴』っていう異世界ものの三部作に登場する女の子のつもりだったんです」

「あ、言われてみれば、わたしも読んだことあるよ。昔過ぎて忘れてたけど」

「ほんとですか？　嬉しい。ここの子たちあんまり知らないんです」

トリちゃんは少女トリスタン登場の場面を熱心に語った。愛する人、島国ヘドの領主を捜すため乗っ取った船で発見した密航者は、船酔いに苦しむみすぼらしい少女のなりをしていたが、ヒロインはその上品な面差しに恋人の面影を見る。あなたは誰なの？　という問いかけに少女は「ヘドのトリスタンよ」と答える。そう、彼女は彼の妹——。

意志強固で大胆な姫君の名前をとってみたものの、皆覚えられず、結局頭をとってトリちゃんと呼ばれる羽目になったらしい。

でも、時々ホームページ上で書く文章やコメントに「トリスタン」のサインをしていたら、「もしかして『イルス』のトリスタンからとったんじゃないですか。わたしは彼女が大好きです」というコメントとともに、凛々《りり》しい少女姫のイラストが届いた。それが彼女だった。

「『ゲド戦記』ならしっかり読んだんだけどな。心理学の教授に、この本はユング心理学をベースに書かれているから是非読みなさいって薦められて」

「相手の真の名前を知ることで支配することができるってやつですね。マキリップも『ゲド戦記』の影響を受けてると思うんですけど」

「でも普通はトリスタンって男の名前よね。『トリスタンとイゾルデ』でも、アーサー王の円卓の騎士でも」

「ええ、イゾルデとからむのも、円卓の騎士も一応同一人物らしいですけど、確かに伝説では男の名前ですね。でもあえて姫に男の子っぽい名前をつけたのもマキリップのセンスかな、と」

「そうね。でもトリスタンってもともとは『悲しみの子』っていう意味みたいよ」

「えっ、そうなんですか」

「王子だけど、父親がいない悲しみから、お母さんがつけたって聞いたことがある」

トリちゃんは目を丸くした。

「わたし、知りませんでした」

おしゃべりしている間に、ディスプレイに新着メールがあることが案内されていた。アドレスは hikaru から始まっていた。トリちゃんはキーボードを叩く。

「トリちゃん。メールありがとうございました。絵を真剣に見てくれたんだってわかって嬉しかったです。こんなことは初めてでした」

トリちゃんは浜野の方を見た。

何も声を潜める必要はないのに、浜野が声を落として指示を出すと、トリちゃんはたちまちカタカタとキーボードを打って、浜野の合図で送信した。

「あなたのことを教えてください。あなたは中学生ぐらい?」

「小学六年生です」

「何か辛いことがあるのかな?……。学校のこと? いいえ。お友達?」

「いえ」

「おうちのことかしら」それまで瞬《また》く間に返信をくれていた光が少し沈黙し、それから、

「そうです」

一言だけが返ってきた。まるで小さな声で囁《ささや》いているかのようだった。

それから少しずつ少しずつ薄皮をはがすように慎重に浜野は質問を考え、トリちゃんはそれに沿いつつ、趣旨を呑み込んで自分なりの問いかけを含むメールを送信し、光は返信してきた。父と母が仲が悪くて……。いえ、もう別居してるんです……。離婚するっていって……。どうしたらいいのか……。

あなたはどうなったらいいと? お父さんお母さんが仲直りしてほしいということ?

もうそれは無理だと思う。

自分の中ではどちらと一緒に暮らしたい、ということがあるの？

その問いへの答えは意外だった。

「いなければよかった！　自分なんて」

浜野は焦る気持ちを必死で抑え、自分がいなければいいって思うほど苦しいのね、と答えた。

苦しい。苦しいです。じっとしていられなくなる。

居場所がないって感じ？

居場所はあるはずなのに、ここがここじゃないっていうか、ここにいるのにいないような、だんだん気分が悪くなって、めまいがしてくるみたいで。

あなたを助けたい。会って話ができない？　ここに来てもらえたらいいけど。

でも、家のことだから。行くのは難しい。

無理なら行ってもいい。

家がわからないでしょう？

浜野はためらったが、決意してトリちゃんに指示した。

ごめんなさい。わたしたちはあなたが思うよりあなたのことを知ってる。

どういうこと？

あなたのお祖母さんとお母さんがそれぞれ相談の電話をかけてきてる。あなたは法条光さんでしょう？

おばあちゃんが言ったのね。

わかるんだ。光さんはお父さんと実家に来たのね。

まあ、そうだけど、でも全然家に帰ってないわけじゃない。

そうなの。お母さんからはクリスティンさんは元の家に残ってると聞いてた。県境を越えて行き来してるなんて大変ね。

たぶんそれも終わり。お父さんは週明けには裁判所に行くって言っている。

週明け？　もう明日だ。

引き裂かれてしまう？

「姉妹離ればなれになるのが辛いのよね。あなた方のご両親はそれぞれ自分の気に入った方の娘を連れていこうとしている——あなたがお姉さん？　それとも妹なの？」

しばらく間が空いてから返信があった。

「違う。そうじゃない」

トリちゃんと浜野は顔を見合わせた。

「違うって？　何が違っているの？」

「ごめんなさい誰か来たから。またメールします」

それきりメールは途絶えた。

浜野は困惑して、思わず助けを求めるようにトリちゃんの顔を見た。

「どういうこと？　何がそうじゃないの？」

トリちゃんは考え込んでいる様子だった。

「クリスティンさんは女性的だけど、光さんはスポーティーでボーイッシュな子ということでしたよね。もしかしたら」

「もしかしたら？」

「――家まで、行ってみたらどうでしょう。相談が入っているってことは住所わかるんじゃないですか？」

浜野は驚き、当惑してトリちゃんの顔を見た。トリちゃんは黙っていつかのように真直ぐ浜野の顔を見返した。

「わかった。事務所休みだけどデータは見られるから」

浜野はうなずき、同じ建物内にある総合家庭相談センターの事務室に向かった。

8

「光」

宏の呼ぶ声に返事はなかった。居間は今しがたまで人がいた様子で灯もつけっぱなしだったが、光の姿だけが見えなかった。

テーブルの上で光愛用のパソコンのディスプレイが流線形の色彩を放っていた。キーボードに触れると、県のホームページにアクセスしたままになっていた。宏の知らないサイトだった。なぜこんなページに？

ダイニングから、二階へ。家中を見回った。誰もいない。清子と買い物にでも行っているのならいいのだが、と思ったところへ電話が鳴った。清子からだった。

光は一緒かと訊こうとする前に、清子の方から、光ちゃんは洋菓子と和菓子だったらどっちが好きだったかねえ、と問うてきたので質問するまでもないのがわかった。

清子が家を出る時には光はいつものように居間でパソコンを操作していた。特に変わった様子はなかったという。

何かあったの、と訊いてくる清子を適当にごまかして宏は電話を切った。ちょっと外に行っているだけだろう。自分に言い聞かせながらも言い知れぬ不安が募るのを感じていた。

＊＊＊

電車は最初混み合っていて、二人は無言で揺られていたが、終点に近づくにつれ、乗客の数が減り、ようやく低い声で言葉をかわせるようになった。

「あなたのさっき言ってたことだけど……」

トリちゃんは顔を上げた。

「光さんはボーイッシュな子だ、と民生委員さんは言っていたそうですね。わたしたちは光さんの声を聞いたわけじゃありません。自分たちを描いたイラストを見て、メールを読んだだけ。わたしたちは光さんのことを勘違いしてたのかもしれません」

「というと？」

「二人は姉妹じゃなかった。光さんは実は男の子なんじゃないでしょうか？」

返事しようとした時電車が大きく揺れた。思わず窓の外に目をやった浜野は、暗くなっても灯の少ない外の風景を見て、ずいぶんこの辺って田舎なのね、と呟いた。

「そうですね。この辺はほとんど県境みたいです」

トリちゃんの返事を聞いた浜野の頭に浮かぶものがあった。

＊＊＊

アンナは次々と部屋のドアを開けては娘の名前を呼んでいたが応答はなかった。ただ買い物にでも行っただけならいいけれど、まさか連れ去られた？

そこまでのことはしないだろうと思っていたが、現にクリスティンの姿を確認できないと心配な気持ちが高まるばかりだ。アンナは半ばパニックになっていた。何か手がかりは？　最近あの子はパソコンをいじっていることが多かった。誰かとメールのやりとりをしていたのか？　履歴が残っているだろうか？

アンナはリビングに戻ってきた。入り口で人の気配を感じ、娘が戻ってきたのかと思って急いでドアを開き、そこにいるはずがない人の姿を見た。

「宏さん——あなた何してるの。こんな所で、今頃」

怒気をあらわにしたアンナの言葉に、一瞬たじろいだ宏だったが、気を取り直したように言い返した。

「いてはおかしいというのか。時間のことか。今日はたまたま仕事が早く終わった」

「話が違うでしょう」

「お前こそ勝手じゃないか。融通をきかせろ。大変な時なんだから」

「大変ってあなたのせいでしょう。クリスティンをどうしたの」

「お前こそ光を」

二人の声がかぶさるように響き、そして互いに何かがおかしいことに気づいた。

その時玄関が開く音がした。宏とアンナは競うように、リビングの南の扉を開けて、玄関ホールに出た。

暗い中に二人の人影が立っていた。

「光」

宏が呼んだ。

「クリスティン」

アンナが叫んだ。

闇の中から進み出たのは一人の少女だった。

少女は静かに口を開いた。

「わたしの名前を呼んで」

返事はなかった。

少女は足下に目を落とし、再び口を開いた。変わらず静かな口調だったが、微かな苛立ちが混じっていた。「呼んでくれないのね。二人でつけた名前なのに」

そしてもう一度顔を上げると、両親を正面からみつめ、そして言った。悲しみを超えた、誇りある姫君のように、毅然とした声で。

「わたしは法条光クリスティン。お父さんとお母さん二人の娘よ」

9

少女とトリちゃんの後ろに立っていた浜野相談員は、前に出た。

唖然としている両親に、浜野は自分とトリちゃんを県の福祉局の相談員、と紹介した。トリちゃんが学生ボランティアであることまで説明しなくてもいいだろう、この際。

道々トリちゃんの推測を聞きながら浜野はもっとシンプルな可能性があることに気づいた。『イルスの竪琴』全編の鍵を握る存在——「偉大なる者」は、複数の名前を使い分けて、既に主人公たちの前に現れていた。『ゲド戦記』の主人公は真の名前である「ゲド」と通称名の「ハイタカ」、二つの名を持っている。そしてゲドが解き放ち、彼を追い回す敵――影は彼自身のもう一つの面なのだ。

「わたしたちはお嬢さんからメールで相談を受けていました。切羽詰まった気持ちでいるのがわかって、突然ですが直接お訪ねすることにしました。先程まで外で直接お話を聞いてだいたいの事情はやっと理解できたと思うのですが、まだ確かめられなかったところもあります。この家は光クリスティンさんの家族が住んでいて、お父さんは実家に出ていったんだと思っていたのだけれど」

両親は顔を見合わせた。父親の方が口を開いた。

「間違ってはいません。ただ――」

「実家はそこです」

母親がリビングの向こうを指さす。

滑らかな栗色の髪と黒い瞳を持つ、明らかに母親の血を引いた、外国映画の子役のように人目を惹く容姿の少女がうなずいた。

「おばあちゃんたちは前からそこに住んでる」

「二世帯住宅。でもちょうどリビングのその辺りは県境。そちらはN県なんですね」

浜野は呟くように言った。

「お父さんの実家はもともとN県の端っこ、Y県との県境に面した所にあった。お父さんとお母さんが家を新築する時、ちょうど隣に土地が空いているということで、ここに家を建てた」

「わたしはいやだったのよ」

母親が呟く。

「それだけならよかったけれどついでにリビングを北端に持ってきて、実家とドア一つでつながるようにしてしまった。無理矢理の、県をまたがる二世帯住宅ってわけです」

「そんな家って建てられるんですか？」

トリちゃんが質問したので浜野は答えた。

「県境に建っている家とかホテルって意外とあるのよ。玄関のある所が住所地になって、固定資産税は面積に応じてそれぞれの県に支払うらしいけれど、ここは二つの玄関がそれぞれの県に面しているからやっぱり別の住所ってことになるのかな」

「名目上は二つの県に別の家が建っている扱いです。住民票も別になっています」

父親が言った。浜野は続けた。

「国を越えて愛し合われたお二人は、互いの国の名前らしい名前をそれぞれ選び、一つの名前にした。日本の戸籍にはミドルネームがないので、彼女のように日本名と外国名をつなげて一つの名前として届けている人はそれほど珍しくはない。ただその後が問題でした。

お二人はただ一人の娘を自分の思いに近づけようとした。跡取り息子を望んでいた実家の意を汲んで、男の子のように強く育てようとしたお父さん。女性らしく育てたかったお母さん。お二人の気持ちは離れ、やがてお二人が呼ぶ娘さんへの愛称さえ相容れないものになっていきました。目撃された時期がかなり違っていたから、お父さんに合わせて髪型を短くしていた時と、お母さんに合わせて伸ばしていた時と、見た感じがずいぶん違っていたのね。そして彼女はお父さんとお母さん、それぞれが望む娘になろうと必死で努力した。まるで二人、娘がいるかのように」

少女は絞り出すように話しはじめた。身をよじり拳は固く握られていた。

「がんばったのに、お父さんとお母さんは別々に暮らすと言った。でもどちらもわたしを連れていくって。裁判になるはずだけど、待ちきれなくて、お父さんは荷物をまとめて実家に移した。そうしてわたしにも来るように言ったけど、できなくて。

お父さんもお母さんもこれは別居だって言って。互いに会わないように、ドアの向こうとこっちに住んでいるんじゃないように振る舞って。互いの声も聞こえない振りをして。お父さんとお母さんは働く時間がずれていたから、お母さんがいる時はこの家に、お父さんのいる時は実家側になるべくいるようにしたけど」

一気に吐き出すように喋った少女の肩をトリちゃんが抱いた。

「限度があるから、二つの家の真ん中にあるこのリビングで過ごすことが多くなった。お母さんといる時はお父さんは出ていってしまってお母さんと一緒に暮らしているように、お父さんといる時は、お父さんと一緒に実家に戻ったように、できるだけ振る舞ったのでしょうね。お父さんもお母さんもよかれと思ってそうされたんでしょう。でも娘さんのお話を伺っているとお二人がまるで、彼女の、光クリスティンさんの半分しか見ていないみたいに聞こえてしまいました」

浜野がそう言うと、父母は一斉に喋り出した。

可哀想なことをしてしまった、こんなことになるなら、あの時こうしていれば。わたしのせいにするの。あなたがこうしてあげたらよかった。

少女は耳を塞ぐ。

「光」

「クリスティン」

「お前の気持ちを一番大事にしなさい」

「わたしたちのどっちをとるのか、あなたが決めていいのよ」

少女は首を振った。

「無理。どっちも嫌」

振り向くと玄関を飛び出していった。トリちゃんが素早く後を追った。

浜野はため息をついた。

「ご両親にはまだ十分理解して頂けていないように思います。彼女の気持ちを大事にするということは、彼女に決める責任を、どちらかを捨てる責任を負わせることじゃないんです。お二人が大人としての判断をされるまで待つために、彼女には少し時間と距離が必要なのかもしれません。とにかく大人としてよく話し合ってください」

浜野も踵を返し、二人の後を追った。

玄関には、娘を追いかけることもできず、ただ立ち尽くす両親と長い沈黙だけが残された。

青葉の盤

宮内悠介《みやうちゆうすけ》

1979年、東京都生まれ。早稲田大学第一文学部卒。2010年、「盤上の夜」（東京創元社刊『盤上の夜』所収）が第1回創元SF短編賞の最終候補となり、選考委員特別賞である山田正紀賞を受賞。同作を所収した第一作品集は第147回直木賞候補となり、第33回日本SF大賞を受賞。さらに第二作品集『ヨハネスブルグの天使たち』（早川書房）も第149回直木賞候補となり、第34回日本SF大賞特別賞を受賞した。

冬の時期には、山びとが山苞《ヤマヅト》を持つて出て來る。山苞の中の寄生木《ホヤ》（昔はほよ）は、魂を分割する木の意味でふゆと言ふのである。初春の餝りに使ふ栢《カヘ》（榧）も、變化の意で、元へ戻る、卽、回・還の意味である。（中略）栢の木は、物が元へ戻る徴《シルシ》の木であつた。此木をもつて、色々の作用を起させる。魂の分割の木は、寄生木で、春のかへる意味に、栢が使はれるのである。かう言へば、段々年末からの植物の説明が附いて來る。

此等の木は、たぐさとして、咒ひをする木と言ふ事である。たぐさは踊りを踊る時に、手に持つ物で、咒術の力を發揮するものである。

――「古代研究」（折口信夫、一九二九年）

1

朝露に登山靴が濡れた。陽光が木々に遮られ、ぼんやりと森の底を照らしている。その一帯に、榧《かや》の木の甘い香りがたちこめていた。前を歩く利仙《りせん》が、榧の大木を前に立ち止まるのが見えた。幹はまっすぐ天に伸び、頭上高くに枝が茂っている。

鳥が啼《な》いた。

山口の山中である。先頭を歩いていた仲介業者が、「この木です」と言うのが聞こえた。利仙は木の幹に触れ、それからそっと耳を当てた。

愼《しん》は荷物を下ろす。

業者の男が、怪訝《けげん》そうな顔を振り向かせてきた。

「先生は何を？」

「水音を聴いているのだと思います」

利仙が木に耳を当てる姿を、愼は幾度か目にしていた。一見すると立派な木も、内部がどうなっているかは目に見えない。だから、せめて音を聞こうというのだ。真似をして耳をつけたこともあるが、専門でない愼には、違いがあるのかどうかわからない。

利仙は五十一歳。

碁盤師である。

良い立木があるという話を聞くと、こうして遠地にまで足を運ぶ。これだと思えば、切り、盤として仕上げる。しかし、棋士や限られた趣味人のための道具である。ウェブでの対局も普及した。立木から材を選び、すべてを一人で仕上げる碁盤師は、もう数えるほどしか残っていない。

吉井《よしい》利仙はそのうちの一人である。

秋山碁盤店の三代目、利仙は号。

一年のほとんどを山から山へ移動し、立木を見る時間にあてている。あまりに家を空けているため、連絡がつけば幸いと逆に話題になったくらいだ。

そのうちに誰が呼んだか——放浪の碁盤師。

利仙は木から身体を離し、まっすぐに幹を見据えていた。そうすれば、透けて見えるとでもいうように。彼が言うには、良材だと思ったはずが、見立て違いだったこともある。よくないと思った木に、別の碁盤師が目をつけ、すばらしい盤を仕上げることもある。

当たるも八卦、当たらぬも八卦。

木の選定は、博奕《ばくち》なのだそうだ。

——まだしばらくは待たされそうだ。

慎は業者の男性に小声で話しかけた。

「専門は榧ですか。僕は黒柿《くろがき》が好きなんだけど」

かつて知人の家で、一枚板の衝立《ついたて》を見せられたことがあった。一面が緑がかった黒色で、あまりに色鮮やかだったので材を訊ねたところ、黒柿だということだった。

「いえ、黒柿は……。一度、見間違えたことがありまして」

「柿を見間違える？」

このとき頭上で枝葉がざわめいた。榧を住処にしていた鼯鼠《むささび》が、皆の目の前で飛び立ったのだった。鼯鼠は木から木へ移り、やがて森の奥に消えた。

集中を切らしたのか、利仙が慎の質問に答えてきた。

「柿は土中のミネラルを吸い取る性質があります。このため、ごくまれに鮮やかな黒に染まる。これが高級材の黒柿です。しかし榧と同じで、切ってみないことにはわからない」

「それで、先生」と業者が身を乗り出した。「その木はいかがでしょう」

「切らぬがよいでしょう」

やや名残惜しそうに、利仙が答えた。

「見事な木ですが、盤作りには適さない。愼、神主にお断りを」

「了解」

愼は電話を取り、手配していた神主に断りの連絡を入れた。

榧は何百年という樹齢を重ね、はじめて囲碁盤を切り出せるだけの大きさに育つ。そのような大樹の、命を断つのだ。

だから、利仙は木を切る際に必ず神主を呼ぶ。

「見こみはありませんか。木の持ち主も、期待していたのですが……」

男はしばらくぶつぶつとつぶやいていたが、やがて諦めて一枚の名刺を差し出してきた。

「気が変わられましたら、こちらに」

利仙は気のない様子で名刺を受け取ると、もう少し山を散策したいので、帰りの案内は必要ない旨を告げた。利仙の健脚についていくことを思うと憂鬱《ゆううつ》だったが、反対材料があるでもない。愼はふたたび荷物をかつぎあげた。

木々は新しく芽を吹きはじめていた。まもなく、榧も小さな花を咲かせるだろう。

小石が靴に当たって跳ね、谷底に吸いこまれていった。

濡れた樹枝をかきわけながら、慎はふと「こっちだよ」といういざないを聞いた気がした。

「先生、いま何か？」

「榧の声でも聞いたのでしょう」

利仙が言うと、冗談か本気かもわからない。

陽は真上に昇ってきていた。

利仙はU字形に大きく湾曲した切り株を見つけると、

「ここがよいでしょう」

と腰を降ろし、荷物から昼食の握り飯を出した。朝、駅の売店で買っておいたものだ。

「立派な木だね」

慎はつぶやいて、利仙と向かいあう形で、切り株の内側に坐る。

切り株の窪みは洞《うろ》の跡のようだ。空洞の部分だけでも、直径一メートルほどはある。それが、土や枯れ葉に埋もれていた。木の切断面を利仙がそっと撫でた。

「これは……」と利仙が眉をひそめる。「何か変です……」

利仙の目は洞の虚空に向けられている。

慎は水筒に口をつけ、視線を下ろした。樹齢にすると、四百年ほどだろうか。これほどの榧は、もうほとんど見つからないそうだ。

——取りつくされたのだ。

加えて、盤の需要は減り、機械彫りの出現とともに職人の数も減った。遅かれ早かれ、盤を作ってはいられなくなると利仙は判断した。そこで、職人としての幕を引くべく、最後の作となる究極の盤を作りたいと考えた。

碁盤師としての技術の粋を集めた、魔力を持つ榧盤を。

そして、最高の榧を求めて彷徨《さまよ》っている。

「……どうして、碁盤は榧じゃなきゃいけないんだろう？」

慎は思い切って訊ねてみた。

「わざわざ神主を呼んで、それも樹齢数百年という木を切るくらいなら、ほかにいくらだって選択肢があるような——」

「もちろん榧だけとは限りません」と利仙が答えた。「ほかの材では、たとえば桂や新カヤ、中国榧などがあります。ところが、桂はよい素材ですが、榧と比べると色が映えない。新カヤは盤としては油が少なく、使ううちに表面が乾いて荒れていく」

中国榧は油が多く香りもよいが、硬く、碁を打っているうちに手が疲れてくる。

打ち味、音、香り、寿命。

「こうした条件をあてはめていくと、おのずと日本榧に行き着くのです」

利仙は言う。日本榧は絹のような手ざわりで、打ち味は柔らかく、いくら打っても疲れがこない。木質は硬く、音の響きには透明感がある。

それでいて、表面には弾力がある。

顔を近づけると、魔除けにも使われたという清冽な甘い香りがする。榧製の盤には魔力があり、一度それで碁を打ってしまうと、なかなかほかの盤には戻れない。

「ううん」と愼はうなった。「僕は、碁さえ打てればいいと思うんだけど」

「よい日本榧であれば、仕上がり次第では一面一千万になります」

「一千――」

そんなに高いのか。

愼は意見を変えた。

「先生、さっきの榧、やっぱり切らない？」

――愼は十六歳。

囲碁棋士である。しかし、棋具のこととなるとわからない。実際に盤に触れるのは〈八方社〉で碁を打つときのみ。物心ついたときには、コンピュータで碁を打っていた。

将来を嘱望される、若手の稼ぎ頭である。

それがあるとき、一枚の棋譜に心を打たれた。昭和の終わりごろの、タイトル戦の二次予選だった。黒番が相田淳一《あいだじゅんいち》、当時十八歳。対する白番は、吉井利正《としまさ》、三十二歳――後の利仙だった。

利仙は棋士だったのである。

碁盤師としてはそのことが幸いした。仲の良かった棋士や、かつての指導碁の相手が盤を求めてきたからだ。

愼が見た棋譜は、利仙の負けであった。記録では中押し負け。それが、利仙の最後の公式試合となった。利仙は跡取りのなかった秋山碁盤店に弟子入りし、五年の修業ののち、三代目を襲名した。

しかし、愼が魅せられたのは、碁盤師でなく、棋士としての利仙だった。引退間際の碁とは思えないほど、利仙の打ち回しは創意に満ち、瑞々しい構想を持っていたのだった。

だからいま、手合の合間を見て利仙につきまとっている。

指導碁を打ってもらおうというのだ。ところが利仙は言う。碁は打たない。少なくとも、究極の盤を作るまではと。そしていつの間にか、うまいこと弟子のように使われている。

なぜ碁を打たぬのかと折に触れ訊ねるが、利仙は言葉を濁し、教えてくれない。

……このとき、森から突然声が聞こえた。

「切っちゃだめだよ――」

いつからそこにいたのか、和服を着た女性が佇《たたず》んでいた。三十代の半ばだろうか。明るい色をしたウールの着物を崩して着ていた。

慎は身をすくませ、利仙の背後に隠れた。

女は、抜き身の日本刀を手に提げているのだった。鐔《つば》はなく、切先から柄《つか》まで、刀に沿って黒く塗られている。女がもう一度口を開いた。

「あの木はやめときな」

利仙は慎に「大丈夫ですよ」とささやきかけ、女のほうを向いた。

「わたしたちが見ていた、あの大木のことですね」

切りません、と利仙がはっきり言った。

「あの木には、鼯鼠が住んでいましたから」

利仙はつづけて言う。鼯鼠が住むためには、大きな洞がなければならない。そして鼯鼠の巣穴は、ときに木の根元にまで達する。すると、なかなか大きい木取りはできない。

「ですから、あのまま鼯鼠に住まわせることにしました」

利仙の物怖じしない態度に、相手は毒気を抜かれた様子だった。

「あんた、おかしな人だね」と女が言う。「街では、物狂いだと怖がられてるんだが」

「同業者を怖がるわけがありません」

「同業者？」慎が割りこんだ。

「鐔を外し、漆を塗った日本刀など持っているのは、碁盤師以外にありません」

囲碁盤は、漆を使って枡目の線を引く。

そのための道具は、鼠の髭や箆《へら》、あるいは刀である。漆で黒く染まった日本刀などを持っているのは、碁盤師くらいであろうとあたりをつけたわけだ。

「しかし、あなたのような碁盤師がいると聞いたことは……」

利仙はしばらく口のなかで何事かつぶやいていたが、それから急に立ち上がった。

「もしや、黒澤昭雄《くろさわあきお》の娘さんでは——」

＊

黒澤昭雄――号は昭雪《しょうせつ》。

忘れられた碁盤師である。

生まれは戦前で、三十歳のとき、山口の黒澤碁盤店の二代目となった。生涯で二百面ほどの盤を作ったとされるが、いまや多くの所有者が代替わりし、また昭雪自身が盤に号を記すことを嫌ったため、ほとんどの作が散り、失われている。

さらに、昭雪の作とされてきた盤の多くは、弟子の大獄真夫《おおたけまさお》の作であった。

昭雪の真作とはっきりしている盤は、ごくわずかしか残されていない。

碁の主役はあくまで棋士であり、棋具が前に出てはならないというのが昭雪の持論だった。あくまで盤としての機能を追求すべきで、装飾は二の次だというのである。

それにもかかわらず、彼の作には魔力が宿っていた。

鼓のように響く石音は、長考中の静寂さえも、音楽に変えたと伝えられる。

しかし、昭雪の名はやがてタブーとなった。

時の本因坊、蘇我元哉《そがげんや》との確執である。

本因坊となった元哉は、記念として昭雪に盤を作らせることにした。元哉の生まれが「青葉の笛」の伝説の地であったため、盤はそれにちなみ「青葉の盤」と名づけられる――はずであった。元哉は出来上がった盤をよしとしなかった。それどころか、「斯様《かよう》な失敗作を送りつけるとは何事か」と激怒したようなのだ。

「心の歪みが盤に表われている」と元哉は評した。「音は鈍く、盤全体はあまりに重い」

これが「青葉の盤」事件である。

もとより強権的だった元哉は、昭雪の盤を使うべからずと棋士たちに命じた。

結果、昭雪の仕事は失われた。

碁盤作りは、短くとも一週間はかかる。木材の乾燥期間を入れると、年単位の仕事である。立木から切るとなると、何人もの職人を雇うことになる。榧そのものも高い。嘘か本当か、中国人が斧を手に山に入り、一本の榧を切って一年は暮らしたという話もある。

おのずと価格は上がる。

碁盤師の仕事は、付加価値があって、はじめて商売になるのだ。

そしてその付加価値は、棋士たちの後ろ盾によって支えられている。おのずと、昭雪の盤を求めるアマチュアもいなくなった。失意のなか、昭雪は五十で亡くなった。

それが二十年前のことである。

当初は不審死とされ、さまざまな憶測が流れた。弟子の大嶽真夫や、まだ子供だった娘の逸美《いつみ》まで、疑いの目を向けられた。

疑いが晴れたときには、人々は昭雪を忘れ去っていた。

＊

「青葉の盤をわたしは見たことがあります」

利仙は裾の汚れを払い、榧の切り株を離れた。

「盤は元哉がすぐに手放し、行方がわからなくなっていました。しかしあるとき、関西の土木業者が所有していると判明した。わたしは矢も盾もたまらず見に行きました」

ところが、と利仙は言う。

青葉の盤は、悪い作ではなかったのである。

盤は石を打ち下ろすと傷むので、石音を聞くことはできなかった。だから目で確認したのみだったが、利仙の目には、滋味のあるよい盤に映った。利仙はもう一度見ておきたいと思ったが、新しい所有者も盤を手放し、ふたたび行方がわからなくなった。

青葉の盤と聞き、昭雪の娘――逸美は顔をこわばらせたが、やがて途切れ途切れに語りはじめた。

――青葉の盤を最後に、昭雪の新作の盤は途絶えたという。

まもなくして昭雪が亡くなった。

昭雪の亡骸《なきがら》は、生前彼が気に入っていた椢の木の下にあった。身につけているのは、普段着とグレーの外套、そして赤い帽子のみ。所持品はなかった。結局、警察は事故死と判断した。

その後、逸美は父の残した仕事場を継ぎ、盤を作るようになった。

利仙が躊躇《ためら》いがちに訊ねた。

「お父様の仕事場を、見せてはいただけませんか」

「いやだね」

と逸美が応える。

「親父の死後、いろんな人間がここへやってきた。なかには、親父が残した椢材を奪おうとするやつもいた。だから、あたしは一人で盤を作っているのさ」

逸美は頑として譲らなかったが、普段は控え目な利仙もこのときは粘った。碁盤師としての興味が優先したようである。

しばらく押し問答がつづいたのち、逸美が提案した。

「こういうのはどうだい。あんたが碁盤師だっていうのなら、この山にある榧の木で、一番だと思うものを当ててるんだ。もし当たれば、親父の仕事場を見せてやるよ」

そうは言っても、利仙たちは山の地理さえよくわからない。肝心のよいか悪いかも、切ってみなければわからないのだ。逸美のそのときの気分で変わる可能性もある。

「見て回るだけで日が暮れてしまいます」

「榧の位置だけは教えてやるよ」

もとより無理な頼みである。これで話は決まった。

一時間後に、同じ場所に戻ってくることとなった。逸美は榧の位置を示すと、森の奥へ帰って行った。

「戻ってきますかね」と愼が訝《いぶか》しむ。

「時間がありません」と利仙が応えた。「後のことは、後で考えましょう」

慎はもとより盤に興味がない。ぶつぶつ文句を言いながら、利仙の後につづいた。長い一本の獣道を豚草が覆っていた。木々が風に揺れ、葉の間から光をこぼしている。

歩きながら、利仙はこんな話をした。

「椢には、呪術的な力があるとされます。そして、古くから神社などに植えられてきた。それが意味するのは、境界です。たとえば国境。あるいは、この世ならぬものとの境目」

利仙はつづける。

「戻って誰もいなければ、椢の精に化かされたとでも思いましょう」

「非科学的だ」と慎が指摘した。

「いいんです」と利仙が応えた。

山中に椢は七本あった。

最初に見た大木のほかに、樹齢二百五十年ほどの木が一つ。残りは、ほとんどが若木であった。直径は一メートルに満たず、盤にするのに充分な太さがない。そのうちの一本は雷に打たれ、焼け焦げていた。

これでは問題にならない。

利仙に見解を訊いたが、「さて」と首を傾げるのみだった。利仙はいつもそうなのだ。考えがあっても、答えが出たと思うまでは何も話さない。

一時間が過ぎた。

逸美は切り株の前で待ちくたびれていた。

「あたしはこの山が好きでね」

二人の姿を見た逸美が、独白するように言ってきた。

「小さいころは、榧の洞を隠れ家にして遊んでいたものさ。――答えはわかったかい」

「はい」と利仙が応える。「教えていただいた榧は、すべて盤には適しません」

「見つからなかった、それが回答かい」

「すべての榧が盤に適さないとなると、別の答えを考えなければなりません」

そう言って、利仙は切り株を指さした。

「……この木は、昔はさぞ立派だったことと思います」

この回答は相手の虚を突いたようだった。

逸美はしばらく考えていたが、そのうち笑い出してしまった。

「いいよ。ついて来な」

空が暗くなり、遠雷が聞こえてきた。逸美が傘を差し、急ぐよ、と二人をうながした。まもなくして、ざあっ、と雨が降り出した。森が白く煙った。

2

橙色の屋根瓦が雨を弾き鈍く光っていた。かつて畑だった場所に雑草が生え、そこに古い三輪車が置き去りにされていた。山を越えた先、街の反対側に逸美の家はあった。

土間に、木材の切れ端で作った猫の置物がある。

昭雪が逸美のために作ったものだという。

逸美が雨戸を閉めに奥に入った。タオルで身体を拭き、廊下に上がる。

開け放たれた襖の向こうに、板張りの部屋が見えた。作業台に万力が据えつけられている。その上に何本もの鑿《のみ》や小刀、鉋《かんな》の類いが並んでいる。

廊下には梔子《くちなし》をかたどった作りかけの脚が、やすりとともに無造作に置かれていた。

「これは……」

利仙が脚の一つを手に取った。

「よい細工です。しかし、売られているのは見たことが……」

「売っちゃいないよ」

逸美が戻ってきて、奥を指さした。

「倉庫は地下だ」

「盤作りは、お父様から？」

階段を降りながら慎は訊ねる。逸美は肩をすくめ、「見よう見まねさ」と応えた。

甘い匂いが濃くなった。

六畳二間ほどの広さだろうか。除湿器が低くうなるなか、完成した盤と、乾燥途中の木材がスチール棚に所狭しと並んでいる。

「ここに入ると、丸一日、甘い香りが身体から離れなくなるんだよね――」

木材には一つひとつ日付が書かれていた。

なかには、二十年以上前のものもあった。

「すばらしい」と利仙が独り言を漏らす。

慎にとっては、はじめて目にする榧の倉庫である。しばらく材木や製作過程にある盤を眺めていたが、やがて作りかけのまま乾燥させてある盤を見つけ、「これは？」

と訊いた。

「半作りと呼ばれるものです」と利仙が答えた。「碁盤はいったん盤の形に作ったのち、五年から十年という時間をかけて乾かさなければならない」

「十年も……」

「榧の木は水分が多いので、切ってすぐに盤を作ると、乾燥の過程で歪んだり割れたりしてしまうのです。それも、《割れて榧、ついて榧》と呼ばれる材。割れやすく、たとえ完全に乾かした後であっても、鑿を入れると割れてしまうことがある」

利仙は木目の一部を指さした。

「木材というものは、中心から外側に向けて常に力がかかっています。ですから、彫るなどして形を変えると、力のバランスが崩れ、外に向かって割れていく。こんな話があります。あるとき、奈良時代の寺院に残されていた四百年前の欅《けやき》材を切った者がいた――」

その木は、たちまち曲がっていったのだという。

四百年をかけて乾燥させた材でも、割れ、狂っていくものらしい。

「木は死ぬのではなく、眠るのです」と利仙がつづけた。「ですから、碁盤師の仕事は、いかにして木を仮死させるかだと言えます」

「《ついて榧》というのは？」

「自己修復力が強いんだ」これには逸美が答えた。「一度割れても、ヒビに沿ってセロテープでも貼っておけば自然にくっついていく。だから、あらかじめ彫っておいて、一通り割れたり狂ったりするのを待って、最後に調整をすることができる」

こうして作られた盤は、狂いも少なく、割れにくいらしい。

それでも、榧は時間とともに割れていく。

徐々に割れ、侘《わ》びていく様子も含めて、盤は楽しむものなのだそうだ。

「……模様が全部違うんだね」

「木取り——どこをどのように切るかによって、盤に現われる木目は変わってきます」と利仙が言う。「一番美しいとされるのが四方柾《まさ》と呼ばれるもの。これは木のよい部分を贅沢に斜めに切り取ったもので、どんな大木でもごくわずかしか取れない」

ついで、天地柾、天柾、木裏、木表——順に、希少価値が下がっていく。

「木目は盤の顔です。だから、わたしたち碁盤師は、目にした盤すべての木目を覚えている。これはいわば指紋のようなもので、一つとして同じ木目が現われることはない」

「——それが親父の盤だよ」

逸美が部屋の片隅の盤を指さした。

おお、と利仙が声を漏らす。

「触っても？」

「ああ」

何が面白いのか、利仙は屈みこんでぶつぶつと独り言を言っている。

愼はしばらく倉庫を見回したが、やがて欠伸《あくび》が漏れてきた。

「退屈だろ」と逸美が笑った。

「少し」愼は本音を言った。

「おいで。面白い盤を見せてやる」

逸美は利仙を置いて、階段を登りはじめる。

客間に来た。

雨戸が閉められ、室内は薄暗い。家具はなく、床の間にも何も置かれていない。畳の八畳敷きの中心に、盤が一面だけ置いてあった。手彫りの、しっかり作られた盤である。しかし、全面に乱雑な細かいヒビが入っている。

「これは……」

表面に触れてみた。それは乾燥しているというより、カサカサに荒れているのだった。

「どうだい」

「なんだろう、少し怖い……」

冷えこみ、風が起こっていた。雨はしばらくやみそうになかった。

——慎は雨音が好きではない。

かつて、院生と呼ばれるプロの卵だったころ——対局の帰りに雨が降ると、よく父親が迎えに来たものだった。必ず喫茶店でアイスを食べさせてくれたので、慎は何度もわざと傘を忘れた。その父は、慎のプロ入りを待たずして車の事故にあった。

以来、雨が降るとそのことを思い出す。

このとき利仙が客間に上がってきた。盤を一瞥し、首を傾げる。

「よくないだろ」と逸美が声をかけた。

「……は死んでいますね」

利仙は盤面にそっと触れたのち、わかるようなわからないようなことを言った。

「なぜ、このような盤が？」

逸美は首を振った。

しばらく黙したのち、「夜の予定は？」と二人に訊いてくる。

「夕食でもどうだい。……久しぶりの客だ。ちょっと話をしたいんだ」

*

――その晩は同じように雨が降っていた。

内弟子の大嶽真夫は街に買い出しに行っており、逸美を除けば、家には昭雪しかいなかった。碁盤作りは気の抜けない仕事である。安定した収入もなく、ことによると四六時中神経を尖らせている。立木を見るため、家を空けることも多い。

母親は早々に愛想を尽かし、逸美が四歳のときに家を出ていた。

碁盤作りの仕事も、「青葉の盤」の事件からは途絶えていた。

そこに、関西の好事家が新作の榧盤を求めてきた。久しぶりの注文を昭雪は喜んでいた。

だが、突然の嵐である。雨戸は風に揺れ、やがて夜になり雨が降り出した。昭雪は練ったばかりの漆を心配していた。囲碁盤に線を引く、最後の作業に使うものだ。気象条件にも左右されるため、碁盤師は漆にもっとも気を使う。

――昭雪はいつの間にか家を空けていた。

父を亡くした衝撃から、逸美はその前後のことをよく覚えていない。

だが、記憶の断片をつなぎあわせると、こういうことのようだった。

発見者は真夫だった。真夫は血相を変えて帰ってくると、買い出した食料品を置いたまま、すぐに警察に電話を入れた。

街から家に来るまでには、山を越えなければならない。

その中腹――榧の大木の下で、昭雪が倒れていたのだという。

警察が遺体を運び出し、葬式は親族があげたため、逸美は蚊帳《かや》の外に置かれた。

当初、警察は真夫を疑った。

灯りのない夜の山中のこと。

昭雪を殺した者がいるとすれば、おのずと、家までの道を知っている人間となる。

父と真夫しかいなかった家に、親戚をはじめとした大勢が出入りするようになった。

昭雪の残した盤に露骨に興味を持つ者もいた。そのなかには、かの蘇我元哉もいた。

「困っているだろうと思ってね」

と元哉は逸美に言ってきた。

「盤や榧材が残っていれば、引き取りたいと考えたんだ」

「親父の仕事を奪っといて――」

居合わせた警官が訝しみ、元哉と話をしはじめた。事件の晩のことを訊かれ、隣町でタイトル戦の途中だったと元哉が答えた。

逸美は元哉を追い出すよう警官に頼んだ。

腹いせに、元哉はこんなことを言い残していった。

「親父さんを殺したのは、たぶん真夫のやつさ」

「なんだって？」

「盤に号を書き残すことも許さない。そして仕事があるでもない。盤の仕事から逃げ出したいとよくこぼしていたそうだ」

逸美は元哉の言葉を忘れようとした。

真夫を弟子に取る碁盤師はなく、そのため彼は昭雪に恩を感じていた。というのも、真夫は先天的に赤と緑の区別が困難だったのである。囲碁盤は美術工芸品であり、視覚にハンデを持つ者は扱えない――それが、ほかの碁盤師たちの言いぶんだった。

ところが、昭雪は真夫を可愛がった。

榧はほとんど黄色一色であるし、その価値を決めるのは音や打ち味、そして木目である。ましてシンプルな機能美を目指す棋具のこと。視覚のハンデはなんら差し支えないとした。

——真夫が父を殺したとは思えないのだ。

しかしこの手の呪詛は、忘れようとするほどに絡みついてくる。

このことがあり、真夫とも気まずくなっていった。逸美が親戚に引き取られたのを機に、真夫も出て行ってしまった。相続税を支払うため山は売られ、家だけが残った。

成人して戻ってきた後は、他人への不信感から家に籠もることが多かった。

いつしか、逸美は街で物狂いと呼ばれるようになっていた。

＊

逸美は碁盤の脚にやすりをかけながら、これらの話を二人に語って聞かせた。

木屑が飛ぶので、服装はラフなものに着替えている。

盤の脚は梔子《くちなし》をかたどって作られる。観戦者の助言を禁ずる「口なし」とかけたものだ。この梔子の曲線が、碁盤師の創意が目に見えるほぼ唯一の箇所となる。削り出すのに一日、やすりがけに丸三日かけるという。

雨音はいっそう強くなっていた。

「……それで、あたしはこうやって盤を作ってるのさ」

「お父様の遺志をついで、ということでしょうか」と利仙が訊ねる。

「娘が目を瞠《みは》るような盤を作れば、黒澤はやはり本物だったと言われるかもしれない」

客間の「死んだ盤」は、逸美が作ったものだという。

昭雪の亡骸は、榧の大木の下にあった。昭雪が気に入り、大切に成長を見守っていた木だった。噂を聞いた客たちが、その木を使った盤を求めたが、昭雪は「まだ切るべきときではない」と断わった。蘇我元哉も、そうして断わられた一人だった。

昭雪は別に仕入れた材を使い、「青葉の盤」を完成させた。

このことが元哉には面白くなかった。本因坊の要望を断わるとはどういう了見だ、と元哉は昭雪に詰め寄ったそうだ。

これが盤への酷評につながったのではないか、と逸美は言う。

逸美は親戚に頼んでその木を切り、父の思い出として盤の形に残した。

「親父は嵐が来て、榧が心配になったんだと思う。そして、その場所で――」

「さて」

利仙は逸美を遮ると、完成した脚の一つを手に取った。

「どうあれ、あなたの盤は、すぐにでも多くの人間に使ってもらうべきものです」

逸美は首を振った。

「あたしの盤は本当に父の意をついでいるのか。黒澤の名に恥じないものなのか。それを考えはじめると、とても人には見せられなくなってきてね」

「碁は――」慎が割って入った。「完璧な着手を目指して考えはじめると、ときには一手も打てなくなってしまう。それと同じようなものなのかな」

「……怖いんだ」

逸美は手を止め、閉めきった雨戸に目をやった。

「あたしはあの日の記憶がはっきりしない。皆、あれは事故だったと言う。あたしを慮《おもんぱか》ってか、詳しいことは教えてくれない。だからこそ、ある考えが頭から離れない」

――あるいは本当に、父を殺したのではないかと。

そうであれば、父の遺志をつぐ資格などない。

この迷いがあるせいで、確信を持って盤を仕上げることができないそうだ。そして、碁盤師であり、昭雪と同じ榧を選んだ利仙に打ち明けることにした。

「答えは求めてないよ」

と、逸美は言うが、顔には愁《うれ》いが貼りついていた。

「……この雨だ。今晩は泊まってきな」

客間を使ってよいという話になった。逸美は、寝る前に脚をもう一本仕上げるという。

利仙はノートパソコンを開き、何かの作業に没頭している。メールチェックかと思ったが違った。覗きこむと、音の波形のようなものが表示されていた。難しいことはわからない。

慎は盤を傷めないよう、桐蓋をかけて床の間に移した。驚くほど軽かった。

慎の目にも、あまりよい盤には思えない。思い切って訊いてみた。

「さっきの話、本当？」

「なんのことです」

「逸美さんの盤が、多くの人間に使ってもらうべきものだって」

「この部屋の盤はよくありません」利仙は迷いながら応えた。「ですが、ほかの仕事は立派なものです。黒澤昭雪とは、また別の力を感じさせる」

惜しむらくは、と利仙がつづけた。

「我流です。おそらくは碁を打ったことがないのでしょう。たとえば、石が打たれやすい隅も、中央も、同じ厚さに漆を盛っている。わたしの工房に来てもらって、教えたいくらいだと思いました」

「……昭雪さんは自殺だったんじゃないかな」

慎が布団を敷きながらつぶやいた。

「元哉に酷評されて、職人としての名誉を失い、仕事もなくしたんだよね――」

慎は一度、元哉と話したことがある。プロ入りして間もないころ、先輩棋士の勉強会で同席したのだ。元哉はすでに七十を超えていたはずだが、舌鋒《ぜっぽう》は依然として鋭く、やれ誰々の碁は見るにたえぬ、潔く引退すべきだ、などと誰彼構わず批判するので閉口した。

「あの調子で貶《けな》されたらたまったもんじゃない」

「自殺ではないと思います」

「なぜ?」

「逸美さんの話を信じるなら、昭雪さんは新しい注文を受けたばかりでした。しかも、その日は漆を練ったばかりだった。漆の作業は、碁盤師がもっとも気を使う部分です」

利仙は言う。

刀を用いて線を引く太刀盛りは、細心の注意を要する。漆は拭き取ることができず、線が崩れれば、天面を削り直すしかない。

わずかに心が曇るだけで、それは線の歪みとなって表われる。

漆の状態には、天候もかかわってくる。

そのうえで、斑《むら》なく均一に、高く漆を盛らなければならない。

――このようにしてうまく引かれた線は、あたかも一本の針金のようになる。

物心《ぶっしん》両方の条件が揃うまで、ときには十日ほども待たねばならない。

「風がないこと。湿度があること。気温が低いこと。この三つは最低条件です」

風があると漆がうまく乾かない。そして、埃も紛れこんでくる。漆に埃が入ると、それは大きな塊となる。だから、漆を扱う前には徹底的に部屋を掃除する。

「先代からは、衣服の埃が混じらないよう、裸で刀を持てと言われたくらいです。漆は碁盤師の命――その作業を中断したまま、自殺するなど考えられません」

「それなら、どうして昭雪さんは？」

「考えはないでもないのですが……」

「逸美さんが可哀想だ。なんとかしてよ」

利仙は煮えきらない様子で目を泳がせている。利仙はいつもそうなのだ。考えがあっても、答えが出たと思うまでは何も話さない。

愼はため息をつき、話題を変えた。

「昼間のあの切り株、面白かったね。答えが目の前にあっただなんて」

それからふと気がついて、

「あの木が、昭雪さんが気に入ってたやつなんだね」

このとき、思索に耽《ふけ》っていた利仙が表情を変えた。

「それです」と利仙がつぶやいた。「答えは目の前にあった」

利仙は荷物を探り、「やっぱり」とつぶやいた。

「……黒柿は黒く見えますが、実際は深い緑や赤が入り混じっている。その紋様の入りかたが、黒柿の価格を決める。つまり、視覚にハンデがあると、どうしても扱いにくい」

「え？」

「わたしたちは大嶽真夫に会っているのです」

利仙が手にしているのは、朝に受け取った名刺なのだった。ようやく愼は思い出した。

──いえ、黒柿は……。

──一度、見間違えたことがありまして。

「あの人が？……」

「形が見えた気がします」と利仙がつづけた。「かつてこの山で何があったのか。元哉や真夫は、昭雪の死にかかわっているのか。そして、この部屋の盤がなぜよくないのか」

突然並べ立てられてもわからない。

戸惑っていると、「物心が揃いました」と利仙が宣言した。

「──後は、盤面に線を引くだけです」

3

澄んだ空気を感じ、愼は眼を覚ました。利仙が窓際に腰を降ろし、何をするでもなく外の林を眺めていた。山の朝が入ってきていた。

　晴れていた。

　利仙はすでに荷物をまとめ、出発の準備を終えている。

　慌てて着替えを済ませたところで、「入るよ」と声がした。

「コーヒー飲むだろ」

　利仙は仕草で謝し、逸美が持ってきたカップを受け取った。

「……昭雪さんを殺した人間がいるとすれば、それは誰なのでしょう」

「先生、ストップ」慎が割りこんだ。「朝一番の話題じゃないと思う」

「いいんだ」と逸美は微笑んだ。「聞かせてくれ」

　やわらかな風が部屋を吹き抜けた。

　利仙がうなずき、ゆっくりと話し出した。

「昭雪さんが殺されたのだとすると、犯人は誰か？——青葉の盤が気に入らず、面子《メンツ》をつぶされたと思った蘇我元哉か。あるいは——」

　盤の仕事から逃げ出したいと思っていた大嶽真夫か。

　それとも、母が出て行ってなお、盤のことばかりを考える父を逸美は許せなかったのか。

利仙は指を三本立てると、

「まず、元哉ではない」

と言って、そのうちの一本を折った。

「元哉は隣町でタイトル戦の最中だった。棋士はタイトル戦の主役です。誰にも気づかれず、犯行をはたせるとは思えない。まして、数キロは痩せるというタイトル戦──棋士は、万全の調整をもって臨むものです。その合間に殺人を犯す者などいない」

ついで、もう一本の指を折る。

「逸美さんでもない。小学生の女の子が、暗い山奥で、事故死に偽装して誰かを殺せるものか。仮にやったとしても、元哉や真夫さんのアリバイを自ら保証するのは解《げ》せない」

残るは一人。

「では真夫さんか。しかし、これもおかしい点がある。盤の仕事から逃げ出したい──あるいは、そのような愚痴をこぼした可能性もあるでしょう。ですが、真夫さんと会ったわたしたちには、それが本心でないとわかる。彼は、いまも盤にかかわる仕事をしている」

結局、と利仙はつづける。

「誰が犯人であっても、何かしらの矛盾が出てきます。警察が事故死だというのを、否定するだけの材料はありません。だとしても、事故とはいったいなんなのか――」

そんなことがわかるのか。

慎は思ったが、黙してつづきを待った。

「視点を変えましょう」

利仙は立ち上がり、床の間の盤の桐蓋を取った。

「……これに使われた榧の切り株をわたしたちは見ました。そして、そこには不自然な点があった」

――これは……。

――何か変です……。

「後で気がついたことですが、あの榧は手触りに違和感があった。普段扱っているものとは、木質が異なっていたのです」

そう言って、利仙は荷物からノートパソコンを取り出した。

画面を開き、スタンバイから復帰する。昨夜見たあの波形が表示された。

「石音のよしあしは感覚的にしか語られない。それでは適切な評価はできませんので、このようなプログラムを導入しました。つまり、盤の石音を計測させてもらいました。注目してほしいのは、残響と周波数成分です」

利仙は画面を指さした。

「右が通常の石音、左が問題の盤の石音です。通常の石音は、残響成分が多く、ピークとなる音程がはっきりしている。これは、太鼓などの打楽器にきわめて近い性質です」

利仙は言う。囲碁盤とは、打楽器なのであると。

そこに、碁を打つ快楽の一つがひそんでいる。

「それに対して――問題の盤は、残響がほとんど見られず、音程も漠然としていてノイズに近いものがある。石音だけ見ても、まったくの別物だと言えるのです」

では、なぜこのようなことが起こるのか。

「問題は、この碁盤は、昭雪さんが気に入った榧を、逸美さんが仕上げたものだということです。二人が碁盤師として一流であることは、すでに見てきました。そのような盤がよくないこと自体が、そもそも不自然ではありませんか」

「そうだ」と慎がつぶやいた。「なんとなくおかしいと思ったんだ」

「次に、木そのものを見てみましょう。木材というものは、中心から外側に向けて常に力がかかる――異方性と呼ばれる性質です。それなのに、この盤には、乱暴な細かいヒビが無数に入っている。いわば、木質が肉離れを起こしている状態です」

榧にこのようなヒビが入ることが、まずありえない。

「こうした木質や音響の変性が起きる要因は、実は一つしかありません。――落雷です」

「まさか――」

慎は思わず声に出していた。

すると、利仙が言わんとしているのは。

「待ってくれ」

黙して聞いていた逸美が、ここで口を開いた。

「この木が雷を受けたってのはわかったよ。でも、それが親父を打ったと言えるのか？」

「言えるかもしれません」

思わぬことに、利仙はあっさりと言ってのけた。

「本来、人が雷に打たれるということ自体がまれです。現実にそのようなことが起きたなら、そこにはなんらかの理由があるかもしれない」

ところで、と利仙はつづける。

「漆の用途は主に木材の装飾ですが、ほかにもあります。たとえば、金物の補修」

「そうか」と逸美が口のなかでつぶやいた。

利仙がうなずいた。

「……確かあれは、刀身から柄までが黒塗りでした。逸美さんがお持ちの日本刀——あの漆を一部剥がさせてもらえませんか。柄に焦げ跡などが見られないか、確認したいのです」

本漆は一度乾燥すると、王水《おうすい》でも溶かすことができない。利仙は小刀を使って少しずつ丁寧に漆を剥いでいった。まもなく、利仙の説が裏づけられた。柄は焦げ、割れた跡が漆で埋められていたのだった。

壊れた柄を真夫が補修したのだろう、と逸美は言う。

通常、割れた柄は木材そのものを取り替える。しかし、盤に漆を引くだけの目的であれば、漆による補修で充分に事足りる。

「……肝心の木は昔に切られ、それを手配したのも親戚でした」

加えて、自分が殺したのではないかという疑念があった。

電撃の痕跡は、漆の裏に隠れていた。

見えなくなっていたのだ、と利仙は言う。

「これで、逸美さんを山に縛りつける理由の一つがなくなりました。残された問題は、昭雪さんに着せられた汚名――青葉の盤です」

――青葉の盤とはなんだったのか。

元哉が指摘したように、それは失敗作だったのか。

「愼、昨日あなたは、なぜ囲碁盤は榧でなければならないのかと言いましたね」

「確か弾力と硬さ。打ち味、音、香り。これらを満たすのが日本榧だって」

「実は、それだけではないというのがわたしの考えです。……その前に、まず、囲碁盤とはどういうものかを見ていきましょう」

囲碁盤には縦横に十九本の線が引かれ、石は交点上に置かれる。

すると着手点は十九の自乗で三百六十一点。中央の一点を除くと三百六十となり、これは一年の日数を表わす。

「碁盤は古代中国の宇宙観を表わしたもので、もとは呪術の道具であると言われる」

では、なぜ日本では榧が使われるようになったのか。

榧とはどのような木なのか。

「榧の由来は中国語の香榧《かひ》です。しかしそれは、日本古語のカヘに後から漢字をあてたもの。本来は、片仮名でカヤとするのが正しい表記なのです」

日本の榧と中国の榧は種類が異なる。

それなのに「榧」の漢字があてられたのは、榧で仏像を彫ったからではないか、と利仙は言う。法華寺の十一面観音は長いこと檜だと信じられてきたが、実は榧である。日本には仏像を彫る白檀がないので、かわりに榧が用いられた。そのために、大陸発祥であるかのような字があてられたのだろうと。

ならば、古語のカヘは何を意味するのか。

「帰る、還るを意味します。カヘは、変化を表わす呪術の道具なのです」

榧は境界に植えられるほか、いまでも行事などで用いられる。

「それは日本古代の呪術にほかなりません。つまり、こういうことが言えるのです――囲碁盤とはすなわち、中国古代の呪術と、日本古代の呪術が盤上に融合したものなのだと」

利仙は咳払いをした。

「ここで、青葉の盤を振り返って見てみましょう」

元哉は、青葉の盤は失敗作であると断じた。

利仙の目には、滋味のあるよい盤に映った。

「この矛盾を解決するには、たとえば、こう考えることができます。かつて青葉の盤と呼ばれたものと、いま青葉の盤だとされているものが、別々の盤だということです。しかし、それはありえない」

盤には木目がある。

木目はいわば盤の指紋で、まったく同じになることはない。

「普通に考えるなら、二人のうちどちらかが間違っている。では、二人のどちらが正しいのか。実は、これもおかしいのです」

元哉は職業棋士。

利仙は碁盤師。それが、盤の出来不出来を見紛うはずがない。

「すると結論は一つ――元哉とわたし、二人ともが正しい」

「どういうこと？」と慎は訊ねる。

「元哉は、盤全体が重すぎると評しました。これはどういう意味か。盤の佇《たたず》まいが重いということか。しかし、これは奇妙な表現です。単純に考えれば、そう――青葉の盤は文字通り重かったということになります」

――乾燥。

椢は水分が多いので、乾燥していく過程で歪んだり割れたりする。

「青葉の盤は、未乾燥のまま作られたのです」しかし、利仙が見た盤は歪んでいなかった。

「ということは、盤はあらかじめ歪めて作られた。もっと言うならば、それは、ゆくゆくはまっすぐになるよう計算された歪みだった」

そんなことが可能なのか。

きわめて難しい、と利仙は言う。

「本来、木の変形が予測しがたいからこそ、半作りといった技法がある。それにしても、なぜこのような盤が作られたのか。……あるいは、このような考えがあったのではないか」

元哉には、もとより強権的なところがあった。人が練れた名人ではなかったのだ。

そして昭雪に向け、大切な椢を切れとさえ言った。

「カへの意味は変化――青葉の盤は、持ち主の元哉とともにゆっくりと成長する、そのような祈りをこめて作られた盤だったのではないでしょうか」

もっとも、と利仙はつづける。

「元哉はすぐに盤を手放した。それでも、盤は昭雪さんの死後も成長しつづけた」

＊

街へ戻る時間になった。

〈八方社〉の手合のため、愼は駅で別れることになっている。利仙はこのまま西へ向かうという。長崎の地主が手放そうとしている土地に、榧の大木が見つかったらしい。

逸美はいずれ山を降りると利仙に約束した。別れ際、逸美ははじめて穏やかな表情を見せた。それは、春に小さく開く榧の花のような微笑みだった。

利仙はあいかわらずの健脚で、愼はすぐに息が切れ何度か呼び止めた。

振り向く利仙の顔が厳しいことに愼は気がついた。

「どうしたの……」と愼は声を絞り出す。「万事丸く収まったじゃないか」

「山に入ったことがおかしいのです」

「え？」

問い返してから、それが昭雪の話であるとわかった。

「嵐が来たから、木が心配になって山に入ったんだよね……」

「榧は大木です。そもそも、人が見に行ってなんとかなるものではない」

まして、と利仙は言う。

雷が落ちるような雨のなか、誰が刀などを持って山に入るのか。

「ならば、刀が持ち出された理由があるのです」

「誰かを斬る……とか？」

「大切な道具を使って人を斬るものですか。ですが、雨のなかに持ち出すようなことも考えられない。しかも、昭雪さんは漆を練っていた。漆が乾くまでに、急いで刀で線を引かなければならないはずです」

待ちに待った仕事の、最後の仕上げの瞬間であったはずだ。

それを、あえて中断するような理由は何か。

「こう考えればいいのです——中断したのではない。させられたのだと。刀を持ち出したのではない。刀は、何者かに持ち出されたのだと。だから、それを探しに山に入った」

「それは……」急激に喉が乾くのを感じた。

母が出て行ってからも、盤のことばかりを考える父。

しかし相手は肉親である。おのずと、盤の仕事そのものに憎しみが向いたとすれば。

「そう」と利仙がつづけた。「逸美さんが、刀を持ち出したのです。逸美さんは刀を持ち出して、問題の木の洞に隠れていた」

――あたしはこの山が好きでね。

――小さいころは、椢の洞を隠れ家にして遊んでいたものさ。

「昭雪さんは洞に隠れる逸美さんを見つけます」

そこには、雷が鳴るなか木の洞に入り、こともあろうに刀を手にした娘がいた。昭雪は娘を助けるため、刀を奪う。そして――。

「待った」と慎は利仙を遮った。「想像をめぐらせればきりがない」

「逸美さんは、見えるはずのないものを見ています」

家を出る昭雪を逸美は見ていない。

昭雪の遺体は、そのまま警察に回収された。

「にもかかわらず、逸美さんは証言している。昭雪さんが赤い帽子をかぶっていたと」

「家でもかぶっていたのかもしれない」

「昭雪さんは漆を扱っていました。そして、漆を扱うときに帽子をかぶるなど、それこそ考えにくい」

——漆に埃が入ると、それは大きな塊となってしまう。

——衣服の埃が混じらないよう、裸で刀を持てと。

「帽子は家を出る際にかぶったことになる。おそらくは、雨避けとして」

「発見者の真夫さんから聞いたのかも」

「お忘れですか。真夫さんは帽子をかぶっていたとは言えても、赤い帽子をかぶっていたとは言えないのです」

「でも、山奥は暗闇で……」慎はハッとして言葉を止めた。

「そこなのです」と利仙がうなずいた。「逸美さんは、まさにその瞬間を見てしまった。自然の気まぐれが、一瞬だけ夜闇に灯りをともす瞬間を」

だからこそ——。

逸美は、記憶が抜け落ちるほどの衝撃を受けたのだ。

「わかったところで、詮ないことですが……」

慎は黙ってうなずいた。利仙の言う通りだった。

このとき視界が開けた。眼前に、アスファルトの道路が迫っていた。

街だった。

金物屋の前にバス停があった。しかし時刻表は錆び、読み取ることができない。いずれは来るだろうと利仙が言い、三時間ほど待ったところでようやくバスが来た。

――結局、逸美は山を降りては来なかった。

愼はその後一度、利仙とともに訪ねていったが、あの大きな切り株が一つあるのみで道は途切れ、かつて訪ねた家はついに見つけることができなかった。椢の花は落ち、貝殻のような小さな固い実がいくつか枯れ葉のうえに落ちていた。

ひとしきり山中を迷ったのち、利仙がこんなことを言った。

「わたしたちの前に現われたとき、どうして逸美さんは刀を手にしていたのでしょう――」

愼は応えなかった。

しかし彼にはわかる気がした。おそらく、無意識に待っていたのではないか。小さいころの、雨の日の自分のように。

――父が、刀を取りに追ってくるのを。

切り株に腰を下ろしたとき、愼はふたたび人ならぬ声を聞いた。「ありがとう」とその声はささやきかけてきた気がした。そのことを利仙に言うのはやめた。こう言ってくるに決まっているからだ。

榧の精の仕業にしておきましょう、と。

主要参考文献

『碁盤・将棋盤――棋具を創る』吉田寅義、大修館書店（１９８１）
『遊芸師の誕生――碁打ち・将棋指しの中世史』増川宏一、平凡社（１９８７）
『囲碁の民話学』大室幹雄、岩波書店（２００４）
『原色木材大事典１７０種』村山忠親著、村山元春監修、誠文堂新光社（２００８）
『折口信夫全集　第二巻』折口信夫、中央公論社（１９６５）
『木の名の由来』深津正、小林義雄、東京書籍（１９９３）
「草木名のはなし」和泉晃一（http://www.ctb.ne.jp/~imeirou/）

心を掬《すく》う

柚月裕子《ゆづきゆうこ》

1968年、岩手県生まれ。山形県在住。2008年、『臨床真理』（宝島社文庫）で第7回「このミステリーがすごい！」大賞を受賞し、デビュー。13年『検事の本懐』（宝島社文庫）で第15回大藪春彦賞を受賞。15年刊行の『孤狼の血』（角川書店）は第154回直木賞候補、第37回吉川英治文学新人賞候補となった。

久しぶりに訪れた「ふくろう」は、相変わらず野球中継の音声が流れていた。髪を短く刈り上げた店の親父が、年代ものテレビにかじりついている。野球シーズンはいつもこうだ。増田《ますだ》たちが店に入ってきたことに気づいたはずだが、挨拶はおろか、振り向きもしない。

親父のその姿に、今年も野球がはじまったことを、増田は実感した。

「おっ、今日からいよいよ開幕か。親父、嬉しそうだな」

筒井が声をかける。親父はちらりと筒井を見やり苦い顔をした。

「野球がはじまったのは嬉しいども、今日の試合は流れが面白ぐね。野村《のむら》に拾ってもらった小早川《こばやかわ》が、二本もスタンドに放り込みやがった」

増田たちがカウンターに座ると、親父は席を立ちカウンターの中に入った。テレビを観ると、巨人とヤクルトの開幕戦だった。五回裏、巨人の攻撃。二対二の同点だ。

筒井が「いつもの」と言うと、親父は後ろにある棚から山形の地酒「出羽桜《でわざくら》」を手に取り、枡《ます》に入った空のコップを、三人の前に置いた。筒井の好きな酒だ。親父はコップから溢《あふ》れるまで酒を注《つ》ぐ。筒井はコップに口をつけて酒を飲むと、枡から溢れた酒を注ぎ足した。

お通しはホヤとコノワタの塩辛、莫久来《ばくらい》だった。筒井の好物だ。筒井は嬉しそうに割り箸を割った。

米崎《よねさき》地検で事務官を務める増田は、二人の上司と店を訪れていた。刑事部副部長の筒井と、直属の担当検察官である佐方貞人《さかたさだと》だ。

酒処「ふくろう」は駅から西に歩いて、十分ほどのところにある。表通りから一本奥に入ったどんづまりにある飲み屋で、野球好きの親父がひとりで切り盛りしている。店は五人掛けのカウンターと小上がりがひとつあるだけで、席がすべて埋まっても十人も入らないほど狭い。

上司の筒井に連れてこられて三年になるが、その間に自分たち以外の客が入っているところを、増田は二、三回しか見たことがない。客が少ない理由は、目立たないところにある立地の悪さもあるだろうが、おおもとは親父にあると、増田は思っていた。

客が来ても「いらっしゃい」のひと言もなければ、季節の挨拶ひとつない。いつもカウンターの端に置いてあるポータブルテレビを観ていて、客が来るとだるそうに席を立つ。客が酒を注文すると、無言で酒とお通しを出す。そのあとはまたカウンターの端に座り、客が注文しない限り席を立つことはない。店で愛想がいいのは、カウンターの隅に鎮座する、招き猫ぐらいだ。

今日、飲みに誘ったのは筒井だった。仕事を終えて帰り支度をしていると、筒井が佐方の検事室にやってきた。ひと月前から手掛けていた大きな案件がやっと片付いたので、帰りに一杯やっていこうというのだ。

筒井が飲みに行くといえば「ふくろう」と決まっている。筒井は店の雰囲気や店員の接客態度には関心がないようで、置いてある酒とアテが美味《うま》ければそれでいい、というスタンスだった。

四十歳を過ぎた筒井なら、それもわかる。だが、自分より三つ下でまだ二十代後半と若い佐方も、筒井と同じ好みのようだった。

佐方とはじめてふくろうに来たのは一年前だ。

佐方が米崎地検に配属されてきた初日、内輪の歓迎会をふくろうでした。はじめて訪れた店なのに、佐方は常連のように落ち着き払って、ぐい呑《の》みを傾けた。若いのに年期の入った店が似合う変わった男だ、と増田は思った。

増田はどちらかと言えば、雑誌で紹介されるような、洋風の洒落た店が好きだ。年齢から考えて、てっきり佐方も同じだと思い込み、一度、若者が好みそうなショットバーに佐方を連れて行ったことがある。間接照明が灯《とも》る薄暗い空間で、制服姿のバーテンダーが器用にシェイカーを振り、店内にはジャズのBGMが静かに流れていた。いかにも都会的な雰囲気、といった感じの店だ。

気に入ってくれるだろうと思いきや、佐方は尻の座りが悪そうに髪をくしゃくしゃと掻《か》き、落ち着かない風情でカクテルを飲んでいた。なんとなく気の毒になり、店を替えましょうか、と言うと佐方はほっとした表情で、はい、と即答した。それから佐方を、ショットバーへ誘ったことはない。

親父が一升瓶を棚に戻したとき、テレビの中でひときわ大きな歓声が沸いた。

「おいおい、なんだよ。ふざけやがって」

親父がテレビに毒づく。

六回表、ヤクルトの攻撃。この試合ですでに二本のホームランを打っているヤクルトの小早川選手が、三本目のホームランを打ったのだ。親父は悔しそうに顔を歪《ゆが》め、額に手を当てた。

「勘弁してくれよ、まったく」

増田陽二《ようじ》は、悄然《しようぜん》と項垂《うなだ》れている親父を見て、小さくつぶやいた。

「打った打者が上手《うま》いのか。打たれた投手が下手《へぼ》なのか」

歳はとっていても、耳は達者なのだろう。増田の言葉を聞きつけた親父は、増田をぎろりと睨んだ。

「なにもわがんねくせに、知った風なこと言うんじゃねえよ。いま投げてる斎藤雅樹《さいとうまさき》ってのはな、五年連続開幕投手、しかも三年連続完封勝利の、ミスター開幕投手だ。沢村賞《さわむら》もとった、巨人軍の大エースなんだよ。野球のやの字も知らねえ野郎が、斎藤のことを悪ぐ言うんじゃねえ！」

親父のものすごい剣幕に、増田は縮こまって酒を口にした。

親父の読み通り、試合の流れは変わることなく、六対三でヤクルトが勝った。親父は煙草を乱暴に揉み消すと「ちくしょうめ」と小声で悪態をつく。筒井が酒を口にしながら、しみじみと言った。

「巨人は三十億円以上かけて選手を補強したのに、広島カープをリストラされた年俸二千万の小早川にしてやられたか。勝ちに不思議の勝ちあり、負けに不思議の負けなし——とはよく言ったもんだ。野球はなにが起こるかわからんな。人生と同じだ」

「なにが起こるかわがんねえかあ……そう言えば」

カウンターの中で料理の仕込みをしていた親父が、顔を上げた。

「この近所の常連客で、出した手紙が届かねえ、って言ってる奴がいたな」

「手紙が届かない？」

増田は問い返した。親父はまな板に視線を戻し、手を動かしながら答えた。

「北海道にいる娘さんに手紙を出したんだども、十日経っても届かないんだと。だから、言ってやったんだ。戦後の混乱期ならいざ知らず、買い物も商品管理もバーコードだのなんだのと機械が処理している時代に、郵便物が消えるなんてことねえべ。お前さんが出したと勘違いしてんだよ。箪笥《たんす》の奥でも探してみろ、出し忘れた手紙が出てくるべ、ってな」

俺の幼馴染だが昔から忘れっぽい奴なんだ、と親父は親しみを込めた口調で言い添えた。

「ほれ、いい白子《しらこ》が入ったんだ。塩で食え」

カウンターに、白子の天婦羅が置かれる。

「お、美味そうだな」

筒井は嬉しそうに、空になったコップを持ち上げた。

「親父、もう一杯。こいつらにも注いでくれ」

筒井はご機嫌で、増田と佐方の分も注文する。

「手紙が届かない、か」

新しく注がれた枡酒に口をつけ、佐方がつぶやくように言った。


翌日の昼休み、増田は痛む頭を抱え、地検の食堂に向かった。

昨夜はあれから、筒井と店の親父が野球の話で盛り上がった。巨人の長嶋《ながしま》監督とヤクルトの野村監督をさかなに、ふたりで監督論を闘わせたのだ。お開きになったのは、日付がとうに変わった頃だった。

野球よりサッカーが好きな増田には興味がない議論だったが、筒井は野球談議ができるのが楽しかったらしく、珍しく足にくるまで飲んだ。筒井は終始ご機嫌で、佐方と増田に酒を勧めた。勧められるまま筒井のペースに合わせて飲んでいたら、帰る頃には自分も千鳥足になっていた。

佐方はといえば、筒井と親父の話に口を挟むわけでもなく、時折うなずきながら黙々と酒を飲み、肴に箸をつけていた。酒も増田と同じくらい飲んでいるはずなのに、多少、顔が赤くなるくらいで、酔った素振りはまるで見せなかった。

今朝も、増田が二日酔いでふらふらしながら出勤すると、廊下の奥から佐方がしっかりとした足取りで歩いてきた。朝の挨拶を見るかぎり、普段とまったく変わらない様子だった。佐方が酒に強いことはわかっていたが、よほどアルコールの分解機能が高いらしい。

食堂に入り、食券売り場の前でぼんやり考える。昼になっても、食欲は湧いてこない。迷った挙句、一番すんなり腹に入りそうなざるそばにする。

配膳カウンターでざるそばを受け取り席に着く。一口そばを啜《すす》ったとき、向かいに誰かが座る気配がした。佐々木信雄《ささきのぶお》だった。佐々木は増田と同じ検察事務官で、歳は増田のふたつ上だ。地元高校の先輩で、ときどき酒を飲みに行く仲だった。

「どうした。顔色が悪いな」

佐々木はそう言いながら、カツどんの大盛りを目の前に置いた。大学まで柔道を続けていた大きな身体には、大盛りがちょうどいいのだろう。二日酔いの増田は、どんぶりから溢れそうになっているカツを見ているだけで、胃液が込み上げてきた。

増田は昨日、筒井と佐方と三人でふくろうに行き、筒井に付き合って飲み過ぎた話をした。佐々木はカツを頬張りながら笑った。

「あそこの親父と筒井さんは気が合うからな。おれも一度、筒井さんにふくろうに連れて行ってもらったことがあったけど、次の日、二日酔いで丸一日、使い物にならなかった」

増田はため息まじりに、つぶやいた。

「郵便物が届かないって話あたりまでは、いいペースだったんだけっどなあ」

増田がぽつりともらした愚痴に、意外にも佐々木が反応した。

「どういう話だ」

「たいした話じゃありません。親父さんの知り合いが出した郵便物が、届いてないらしいんです」

増田は店の親父から聞いた話をし、でも結局勘違いだろうというところに落ち着いた、と付け足した。

佐々木は箸を止め、ふうむ——と、上目遣《うわめづか》いに遠くを眺めた。

「どうしたんです」

「ああ、いや。最近、親戚から同じような話を聞いたもんだから」

佐々木の話によると、市内にいる叔父が、埼玉に住んでいる佐々木の従兄弟《いとこ》に手紙を出したのだが、二週間経っても届いていない、ということだった。

ざるそばを無理やり口に入れながら、増田は言った。

「出し忘れってことは、ないんですか」

佐々木はどんぶりを手に持ち、残りの飯を口の中に掻き込んだ。

「さあな。俺も詳しく聞いてないからわからんが、そんなとこだろう。それより、お前の好きそうな店を見つけたんだ。こんど飲みに行かないか」

腹に入れたざるそばが、逆流しそうになった。いまは酒の話はしたくない。増田は無理やり笑みをつくり、そのうち、と答えた。

昼食を終えた増田は、午後の就業開始三分前に部屋に戻った。佐方はすでに席についていた。普段と変わりなく、涼しい顔をしている。増田は感心して訊《たず》ねた。

「昨日はかなり飲みましたが、二日酔いは大丈夫ですか」

佐方は読んでいた資料から顔を上げて、増田を見た。

「多少、酒が残っている感じはしますが、大丈夫ですよ。増田さんは……」

佐方は増田の顔を眺め、辛《つら》そうですね、と気の毒そうに言った。そんなに顔に出ているのだろうか。増田は思わず顎のあたりを撫でた。年下の佐方に気遣われ、いささか面映《おもはゆ》い。増田は話題を変えた。

「そう言えば、さっき食堂で事務官の佐々木さんから、面白い話を聞きました」

「面白い話？」

増田は先ほど聞いた話をした。

「ふくろうの常連客といい、佐々木さんの叔父さんといい、忘れっぽい人が多いんですね。たしかにメールと違って手紙だと、どこかに置いたまま投函したと思い込んでいるって、あるかもしれませんね」

佐方は顔の前で手を組み、考え込むように沈黙した。

なにか気になることを言っただろうか。増田が、どうかしましたか、と声をかけようとしたとき、佐方が口を開いた。

「増田さん。いま聞いたふたつの郵便物紛失の件、調べてもらっていいですか」

意外な指示に、増田は面くらった。

「出し忘れの手紙を調べるんですか」

佐方は増田を見た。

「二件の郵便物の宛先、いつ、どこの郵便局、またはポストに投函したのかなど、調べてほしいんです」

目が真剣だ。興味本位で言っているわけではなさそうだ。なにか考えがあるのだろう。増田は背筋を伸ばした。

「承知しました。手が空いたときに調べてみます」

そう答え、午後の仕事にとりかかろうとすると佐方は、なるべく早くお願いします、と言った。

増田は驚いて、開きかけたパソコンから顔を上げた。

「お急ぎですか」

佐方がうなずく。

地検には所轄《しょかつ》から毎日、ひっきりなしに案件が送られてくる。検事や事務官の机の上には、決裁を待っている書類が山積みされている。なにか考えがあるとはいえ、郵便物の紛失話を急いで調べなければいけない理由が、増田にはわからない。

だが、検事の求めに応じるのが事務官の仕事だ。納得がいこうがいくまいが、佐方の指示に従うしかない。

「わかりました。早急に調べます」

「お願いします」

佐方はそう言うと、手元の書類に目を戻した。

翌日、増田は佐々木とふくろうの親父から、郵便物が届かないと話していた二軒の家を教えてもらい、連絡を取った。運よく、二軒とも在宅しているという。増田は午前中の業務を終えると、食堂で昼食を済ませ地検を出た。

佐々木の叔父の住所は、米崎市の北にある住宅街だった。古い町で細い道が入り組んでいる地区だ。

叔父の滝川義明《たきがわよしあき》によると、手紙を投函したのは二十日近く前で、いつも買い物にいくスーパーに備え付けられているポストに入れたという。投函したのは女房の須美代《すみよ》で、「間違いなく入れたはずなんだけど、届いてないってことは、私の思い違いなのかな、っても思ったんです。でもバッグや家ん中を探しても見当たらないし、どうにも納得いかなくて……」と彼女は困惑気味に語った。

ふくろうの常連客は、店の近くにあるマンションの住人だった。森脇文雄《もりわきふみお》は定年退職した元高校教師で、妻に先立たれ、ひとり娘が北海道に嫁いでいた。手紙を出したのはひと月前で駅前のポストに投函したという。

森脇も須美代と似たようなことを語った。娘から手紙が届いていないと聞いて、あちこち探したが見つからない。大事な手紙だったので出し忘れたということはない、と言い切った。

森脇宅を出た増田は、米崎市で一番大きな郵便局である米崎中央郵便局の代表番号を調べ、公衆電話から電話をかけた。須美代が手紙を出したスーパーのポストと、森脇が投函した駅前のポストが、どこの局の担当か訊ねるためだ。対応した郵便局員は、どちらも中央郵便局の扱いです、と答えた。

増田が地検に戻ったときは、四時を回っていた。

佐方は机で、警察から送られてきた「一件記録」を読んでいた。指示された郵便物紛失の件を調べてきた、と増田が言うと、手にしていた書類を机に置き顔を上げた。

「どうでした」

窺うような声音《こわね》だ。増田は調べてきたことを報告した。

話を聞き終わった佐方は、髪をくしゃくしゃと掻いた。

「郵便物を出している時期と場所は別だが、扱いはどちらも中央郵便局なんですね」

「はい、そうです」

佐方は椅子に背を預けなにか思案していたが、勢いよく身体を起こすと増田の方へ乗り出した。

「すぐ米崎中央郵便局に連絡して、過去一年分の郵便物の紛失状況を、問い合わせてください。できれば資料を提出してほしい、と」

なにやら大事《おおごと》になりそうな気配を感じ、増田はかすかな不安を覚えた。たった二通の、出し忘れかもしれない郵便物の紛失に、佐方のなにがひっかかっているのだろう。

佐方が壁時計に目をやる。

「郵便局の業務は五時までです。いまならまだ電話は通じる。お願いします」

時計を見ると、針は四時四十五分を指していた。とにかく佐方の指示に従うしかない。増田は受話器を上げると、中央郵便局に電話をかけた。


佐方が要求した資料は、二日後に郵送で届いた。

資料によると、中央郵便局で過去一年に紛失届が出されている郵便物はぜんぶで十五通だった。差出人はすべて米崎市の住人で、住所は中央郵便局の取り扱い範囲一円に散らばっている。紛失した郵便物を投函した日もばらばらで、一日にごそっとまとまって紛失しているわけではない。

増田は自分の席で資料のコピーを見ながら、つぶやくように言った。

「郵便物の紛失って、案外あるもんですね」

佐方は資料に目を落としたまま言った。

「いえ、この数字は氷山の一角ですよ。先方に郵便物が届いていないことに気づいていないケースもあるでしょう。それに、気づいたとしても紛失届を出さない場合もある。それやこれやを考えると、実際は資料に書かれている数字の数倍、いや、ことによると十倍以上の可能性が高い」

言いながら佐方は、手にしていたペンを指のあいだで器用に回す。

「なるほど、そうですね」

増田は同意しながら、それにしても、と疑問を口にした。

「紛失している郵便物が、三月と四月が多いのは、なにか意味があるんでしょうか」

一年のあいだで紛失届が出されている月は、三月と四月に集中していた。十五件のうち、五件が三月、六件が四月と、他の月に比べて圧倒的に多い。

「三月、四月といえば、増田さんはなにを思い浮かべますか」

佐方は増田を見た。質問に質問で切り返され、増田は唸った。

「ええっと、まず春ですよね。春といえば卒業、入学、就職。それに伴う引っ越し、あとは……」

「それです」

「え？」

増田は空《くう》に向けていた視線を、佐方に移した。佐方が言う「それ」がなんなのかわからない。佐方は、卒業、入学、就職、と言いながら、指を一本一本折り曲げた。

「これでなにか思いつきませんか」

そこまで言われて、ようやく増田は理解した。

「お祝いですね！」

佐方がうなずく。

「春先と言えば、卒業や入学の時期です。多くの人間が、その春に卒業や入学をする身内にお祝い金や品物を渡すでしょう。近くにいれば手渡しだが、遠方にいた場合は郵便で送る」

でも、と増田は再び資料に目を戻した。

「今回、紛失している郵便物はすべて普通郵便です。現金書留じゃありません」

たしかに、と言いながら、佐方は机に肘をつき、顔の前で手を組んだ。

「現金を郵便で送る場合、現金書留で送るのが原則です。でもそれは法で決められているわけではありません。現金書留で送れば、万が一、紛失したとき送った分の現金を補償してもらえるというだけです。その補償が必要ないと判断した場合、普通の封筒に現金を入れて送る場合もあるでしょう。私も——」

そこで佐方は、口を閉ざした。視線を床に落としたまま、なにか考え込むようにじっとしている。

「私も、なんでしょうか」

増田が続きを促すと、佐方は軽く手を振って、たいしたことじゃない、という仕草を見せた。

とにかく——と、佐方が話を戻す。

「現金が同封されていたという線は、かなり濃いように思います」

「ということは職員の誰かが、金目的で郵便物を窃取《せっしゅ》しているということですか。しかしお言葉ですが、その線は薄いんじゃないでしょうか。封筒の表に現金在中なんて、誰も書きませんよ。現金が入っている封筒だけ選んで抜き取るなんて、不可能でしょう」

佐方はそれについては言及せず、中央郵便局の郵政監察官に連絡をとるよう、増田に指示した。

「郵政監察官に、ですか」

ますます大事になっていく。増田の手に、じんわりと緊張の汗が滲んだ。

郵政監察官とは、特別司法警察職員の資格を持つ郵政職員だ。郵便事業を独占している郵便局で郵送に関わる犯罪が行われては、国民への影響が大きい。そのような理由から郵便事業に絡む事件は、郵政監察官が警察と同様に第一次捜査機関として犯罪を取り締まり、犯人を検挙できることになっている。通称「郵政Gメン」とも呼ばれ、局内で特別な役割を担っている。

郵便物紛失に関わる資料を取り寄せるだけならまだしも、郵政監察官を呼び出すとなると、向こうも構えるだろう。佐方はこの郵便物紛失を、事件として立件するつもりなのか。しかしこれが事件ではなく、単なる事故だとしたら、佐方の立場は悪くなる。ここは筒井に伺いを立てるべきではないか。

「どうかしましたか」

佐方に声をかけられて、我に返る。

「いえ」

佐方のことだ。なにか目算《もくさん》あってのことに違いない。増田は躊躇《ためら》いを吹っ切り、電話に手をかけた。

と同時に、内線が鳴る。素早く受話器を上げた増田は、交換の言葉に耳を疑った。米崎中央郵便局の郵政監察官から、佐方に電話が入っているという。増田は電話を保留にし、椅子ごと佐方に身体を向けた。

「驚きました。連絡を取ろうとしていた当の郵政監察官から、佐方さんに電話が入っています」

これには佐方も驚いたようで、わずかに目を丸くした。が、すぐに冷静さを取り戻し、繋《つな》ぐよう指示する。

電話が繋がると佐方は、自分の名前を名乗った。あとは「はい」とか「ええ」などと、短い相槌《あいづち》を打っているだけだ。相手が一方的になにか話している。

この絶妙なタイミングで、なぜ郵政監察官は佐方に連絡をとってきたのだろう。話の内容が気になる。

通話はさほど長引かなかった。ものの数分で佐方は、わかりました、と答えて電話を切った。佐方が受話器を置くと同時に、増田は訊ねた。

「郵政監察官が、いったいなんの用事だったんですか」

佐方は席から立ち上がると、椅子の背にかけていた背広を羽織った。

「明日の十時に、地検に来るそうです」

「ええっ」

思わず声が出る。まるで、こちらの動きを見透かしているかのようだ。

佐方はズボンのポケットから皺くちゃのハイライトを取り出すと、増田に見えるようひらひら振った。

「一服してきます」

部屋に残された増田は、なにが起こっているのかわからず、佐方が出て行ったドアを茫然として見つめた。

中央郵便局の郵政監察官は、約束の時間ちょうどにやってきた。

検事室に置かれているソファに腰掛け、深々と頭を下げる。差し出された名刺には「米崎中央郵便局　監察官　福村正行《ふくむらまさゆき》」とある。歳は筒井と同じくらいだろうか。それにしては、後頭部がかなり淋しい。痩せぎすの体格で顎は尖り、頬骨が目立っている。


「お忙しいところ、お時間を頂戴して申し訳ありません」

福村はもう一度、テーブルを挟んで座っている佐方と増田に丁寧に頭を下げた。

佐方が、増田の淹《い》れた茶を勧めながら話を切り出す。

「ちょうどこちらも、福村さんにご足労願おうと思っていたところでした。例の、送っていただいた資料の件で」

福村は、はっとしたように細い目を見開くと、唇をきつく噛《か》んだ。

「佐方検事は、気づかれたのですね」

佐方は沈黙することで、福村の言葉を認めたようだった。福村は大きく息を吐くと、意を決したように話しはじめた。

「昨日、総務の人間から、米崎地検の佐方貞人という検事が、郵便物紛失に関する資料を要請してきたと聞いて、そうではないかと思っていました。本当に、お恥ずかしい限りです」

福村がまた、頭を下げる。

福村の話によると、この一年、中央郵便局では郵便物の紛失届が相次いで出ているという。監察官という立場にある福村は、内偵を続けてひとりの男に目をつけた。名前は田所健二《たどころけんじ》。年齢は三十八。妻と、未就学の子供がふたりいる。

田所は一年前に米崎北郵便局から中央郵便局に転属され、前の職場と同様に、通常郵便物を郵便番号読み取り機にかける作業に従事している。

職員室と隣接する仕分け室の仕切り板は、上部が透明なアクリルでできている。不正が行われないよう、外から覗ける構造になっていた。職員室の陰から作業現場を監視したところ、就業中によく手洗いに行く職員がいることに気づいた。それが田所だった。

就業中、作業員が部屋を出ることはそう多くない。腹をこわしたとか、体調がすぐれないなど特別な事情がない限り、休憩時間以外に持ち場を離れることはまずない。

だが、田所は週に二、三度、多い時は毎日のように、作業中に手洗いに立つ。

注意して田所の様子を探っていたところ、田所が手洗いに行く前に作業着のポケットになにかを入れることに気づいた。遠目のためよく見えないが、どうやら取り扱っている郵便物のようだった。

「田所は現金が入っている郵便物を選び出し、人目を盗んで自分のポケットに入れ、局内の手洗いで中身を抜き取っているのです」

「ちょっと待ってください」

話を聞いていた増田は、横から口を挟んだ。

「仮に田所という男が郵便物を盗んでいたとして、どうしてその郵便物が現金入りだとわかるのですか」

福村は増田に膝を向けると、真っ直《ま》ぐ《す》に見据えた。

「私の仕事は、局内で不正が起きないよう監視することです。田所が怪しいと睨んだ日からここ三ヵ月間、私は田所の動向を調べました。すると田所の派手な生活が見えてきたのです」

福村は悔しそうに口を真一文字に結ぶと、視線を床に落とした。

「私は田所より年上です。経験上、田所の年齢なら給与がどのくらいなのか、見当がつきます。だが、田所の金の使いかたは、給与だけでは収まらないものでした。田所は仕事が終わると、キャバクラや飲み屋で遊び歩いていました。休みの日は終日、パチンコです。ざっと計算しても、ひと月の給料だけでは無理だとわかる遊び方でした」

増田は頭に浮かんだ疑問を口に出した。

「別な収入源があるとは考えられませんか。例えば奥さんが働いているとか、実家からの援助があるとか」

福村はうつむいたまま、首を横に振った。

「まだ子供が小さいこともあり、奥さんは働いていません。専業主婦です。田所と奥さんの両親は年金暮らしです。どちらも現役時代はごく普通のサラリーマンで、アパート経営をしていて家賃収入があるとか、どこかに土地を持っている資産家だとか、そのようなことはありません。たまに孫に小遣いをあげることはあるでしょうけれど、田所が遊び歩けるだけの金を渡せるとは考えられません」

増田はいちばん不思議に思っていることを訊ねた。

「田所が現金入りの郵便物を抜き取っていると仮定して、何百通という郵便物の中から、現金入りの郵便物を見分けることなんてできるんですか」

福村は顔を上げると、小さくうなずいた。

「ええ。長年の経験で、手触りや感触でわかるようです。お恥ずかしい話ですが、以前にも同様の事件が別の県で起きています」

そんなことができるのか。増田は啞然《あぜん》とした。

だが、考えようによっては、ありえないことではない。整体師が人の歩き方を見ただけで、腰が悪いとか右膝が悪いと当てることがあるように、その道の専門家ならば、不可能ではないのだろう。

納得した増田は、話の続きを促す。

「現金を抜き取った封筒と手紙は、どうしてるんでしょう」

福村の目が、怒りの色に染まる。田所の犯行に心底、憤慨している表情だ。

「細かくちぎって、便器に流しているのでしょう。現金を抜き取るだけでも悪質な犯罪なのに、市民から託された手紙を破り捨てるなんて、郵便局員としては論外の行為です」

膝に置いた福村の手が、ぎゅっと握り締められるのを、増田は目にした。

無言でふたりのやり取りを聞いていた佐方が、はじめて口を開いた。

「現金を抜き取っているのは、田所に間違いないのですか」

福村は佐方を、確信がこもった目で見た。

「間違いありません。田所が中央郵便局に配属されたころから、うちでも郵便物の紛失届が増加しています。北を追い出されたのも、不正疑惑があったからかもしれません。中央には監察がいますからね」

佐方は腿《もも》の上に肘をつき、顔の前で手を組んだ。無言でなにか考えている。黙り込んだ佐方を、福村はじっと見つめていた。佐方がどう出るか、見守っているのだろう。

佐方はそのままの姿勢で、福村に訊ねた。

「中央郵便局は、いつ建てられたんですか」

唐突な質問に、増田は戸惑った。建築された年が郵便物紛失となんの関係があるのだろうか。福村も同じ気持ちを抱いたのだろう。戸惑いを言葉に出しながら答える。

「ええっと……いまから十年ほど前だから、昭和六十一年か二年頃だと思いますが、それがなにか」

佐方はぽつりとつぶやいた。

「じゃあ、さらえますね」

出した。

「さらう？」

増田と福村は、同時に訊ねた。佐方は組んでいた手を外すと、福村の方に身を乗り出した。

「浄化槽ですよ」

佐方の説明によると、昭和五十八年に浄化槽法という法律ができた。公的建造物に手洗いをつける際、浄化槽の設置を義務付けるというものだ。

「中央郵便局が建てられたのは、その浄化槽法ができてからです。だから、排泄物はいったん、浄化槽に溜まる。最近では、し尿と生活雑排水の両方をあわせて処理する合併処理浄化槽が増えてますが、十年以上前に建てられた設備ならば、し尿だけを単独で処理する単独処理浄化槽でしょう。ある意味、さらいやすい」

増田は佐方の知識の深さに、いまさらながら感心する。福村も納得した様子で、何度もうなずきながら聞いている。

つまり――と言いながら、佐方はふたりの顔を見た。

「田所が手洗いに入った直後に浄化槽をさらい、破り捨てられた封筒や手紙を回収し、田所が郵便物を盗んでいるという補強証拠を、入手できるということです」

そこまで聞いて、増田は佐方が口にした、さらう、という言葉の真意を理解した。

増田は思わず口に手を当てた。佐方は簡単にさらうと言うが、排泄物が溜まっている浄化槽に入り、汚物まみれの紙片をかき集めるなど、考えただけでも胃液がせり上がってくる。

だが、福村に臆《おく》する気持ちはないようだ。膝に手を置き、やります、と即答した。声に力がこもっている。

「私は郵便事業が円滑に行われるよう監視する郵政監察官です。目の前で犯罪が行われていると知りながら、証拠が掴《つか》めないため逮捕できず、悔しい思いをしてきました」

福村は身を乗り出して言う。

「証拠が手に入るなら、田所を逮捕できるなら、なんでもやります」

「よろしくお願いします」

佐方は福村に向かって頭を下げた。

浄化槽をさらうという発想をする佐方にも感心したが、やると即答した福村の熱意にも胸を打たれた。

「すみませんが、新しいお茶を淹れてもらえますか」

佐方が増田に頼む。ふたりのやりとりを茫然と見ていた増田は、慌てて返事をすると弾かれたように席を立った。

福村が地検を訪れた四日後、佐方に連絡が入った。田所が現金入りの郵便物を窃取している証拠を摑んだ、という福村の報告だった。

一報を入れたあと、アポイントを取って地検にやってきた福村は、検事室に入るとバッグからビニール袋を取り出した。ノートほどの大きさでファスナーがついている。中には切手大に千切れた紙片が入っていた。白っぽいものもあれば、薄《う》っすら汚れているものもある。

福村は頰を紅潮させながら、応接テーブルの上に置いたビニール袋を指差した。

「これが証拠です」

佐方から浄化槽をさらうよう指示をされた福村は、普段以上に田所の行動に目を光らせていた。すると今日の午後、作業着のポケットになにかを入れた田所が、手洗いに行くと言い部屋を出た。田所が手洗いに入ったことを確認し、直ちに浄化槽をさらったところ、破り捨てられた封筒と手紙が見つかった。

「それが、これです」

福村は頑張った宿題を教師に手渡す子供のような顔で、佐方にビニール袋を差し出した。

佐方はビニール袋を受け取ると、四方から眺め、福村を見た。

「大変な作業を、よくやり遂げてくださいました。ありがとうございます」

福村は、当然のことです、と言いながらも、顔に喜びの笑みを浮かべた。

「これで田所を逮捕できますね」

増田が淹れた茶を飲みながら福村が嬉しそうに言う。だが佐方は、いや、と短く首を振った。

「まだです」

今日にでも田所を逮捕できると踏んでいたのだろう。福村は佐方の意外な返答に、驚いたように口を開けた。

「どうしてですか」

「これだけでは、田所が言い逃れをする懼《おそ》れがあるからです」

「言い逃れ……」

「この紙片を見せて、お前がやったんだろう、と問い詰めても否定されたらどうにもなりません。濡れているから指紋も出てこないでしょうし、自分は関与していない、と言われたらそれ以上、こちらは追及できません」

身体の力が抜けたのか、福村はソファの背にもたれた。

「じゃあ、私がしたことは無駄だったんですか」

福村が力なくつぶやく。佐方は笑顔を見せて鼓舞した。

「そんなことはありません。これは立件するための補強証拠、いわば、田所が言い逃れできない確証を掴むための、重要な手掛かりです。やってもらったことは、決して無駄ではありません」

いまひとつ腑《ふ》に落ちない表情で、福村は佐方を見た。

「これから、どうしたらいいんでしょう」

佐方は目の前に置いてある茶托《ちゃたく》に手を伸ばしながら言った。

「まずは、掬《すく》い上げたこの紙片を復元してください」

茶を一口飲んで、福村を見る。

「もし、文字が消えて読めないときはご連絡ください。県警本部の科捜研に頼んでみます」

福村はうなずいた。

「わかりました。できる限りやってみます。そのあとはどうしましょう」

福村は重ねて訊ねる。

「こちらからご連絡します」

「いつ頃ですか」

佐方は茶を飲み干すと、茶托に湯呑を戻した。

「明日、遅くても明後日には」

わかりました、と答えると、福村は紙片が入ったビニール袋をバッグにしまい、肩を落として帰っていった。

ふたりだけになると、増田は茶托と湯呑を片付けはじめた。佐方は検事席に戻り、上目遣いに空を睨んでいる。

「福村さん、かなりがっくりきていましたね。直ぐにも逮捕できると思っていたんでしょうか」

増田の問い掛けに佐方は答えず、ぽつりとつぶやいた。

「増田さん、千円貸してもらえませんか」

「え？」

意味が摑めず、聞き返す。

「すみません。ちょっとぼんやりしていて……もう一度お願いできますか」

佐方は増田を見ると、今度ははっきりとした口調で言った。

「千円、貸してもらいたいんです」

増田は飲み残しの茶を乗せた盆を手にしたまま、呆然《ぼうぜん》と佐方を見た。小学生や中学生ならまだしも、いい大人が千円に困るほど貧窮しているのだろうか。

「だめですか」

佐方は本気のようだ。

増田は盆をテーブルに置くと、慌てて背広の内ポケットから財布を取り出し、千円札を抜き出した。佐方は札を受け取ると、すみません、と詫びながら、背広の胸ポケットにしまい背を向けた。

増田は佐方の後ろ姿をじっと見つめた。

なにか事情があり、物入りなのだろうか。

増田は遠慮がちに声を掛けた。

「あのう……千円でいいんでしょうか。もう少しお貸しできますが」

振り返った佐方は髪の毛をくしゃりと掻き、笑顔を見せて言った。

「いえ、千円で結構です」

佐方は、ご心配かけてすみません、と軽く頭を下げる。

「とんでもない。差し出がましいことを口にしました」

増田は頭を下げると、盆を手にして検事室を後にした。

翌日、増田はいつもより一時間ほど早く出勤した。地検の就業開始時間は九時だが、昨日の帰りがけに佐方から、明日は用事があるので一時間早く出てきてほしい、と頼まれたのだ。増田が検事室に入ると、佐方はコートを羽織り、出掛ける準備をしていた。黒いトレンチコートもスーツ同様、よれよれだ。

佐方は増田が朝の挨拶をする間もなく、指示を出した。

「これから中央郵便局に行きます」

増田は驚いて訊ねた。

「なにをしに行くんですか」

今度は佐方が、不思議そうに増田を見た。

「なにって、郵便物紛失の件で」

用事というのはこのことだったのか。しかしなぜこんな時間に——。

増田は訊ねた。

「朝いちで送られてくる案件はどうするんですか。それにこんな朝早く、まだ郵便局は開いていないでしょう」

郵便局の窓口が開くのは九時からだ。いまは七時四十五分。郵便局はまだ閉まっている時間だ。

佐方は寝起きのままのような髪を、くしゃくしゃと掻いた。

「副部長には、緊急の調査ということで許可を取っています。郵政監察官にもすでに連絡してあります。窓口は閉まっていても、職員用の通用口から入れてもらえます」

佐方はするどい目で増田を見た。

「田所を逮捕するつもりです。一刻も早く、田所が言い訳できない、確固たる証拠を摑まなければいけません」

増田は部屋の入口に立ちつくした。

言い訳できない、確固たる証拠——と佐方は言うが、今日、現金が入った郵便物が投函されるとは限らないではないか。偶然を待つような捜査を、佐方はこれから毎日つづけるというのか。

佐方はコートの袖をめくり、腕時計を見た。

「間もなく八時です。窓口は九時からですが、職員の勤務時間は違います。福村さんに確認したところ、午前七時に郵便内勤と集配の早出職員が出勤します。次いで集配の日勤職員が、午前八時に出勤します。担当地域のポストに投函された郵便物が、中央郵便局に収集されてくるのは、一番早い便で八時半」

佐方は腕時計から、増田に目を移した。

「職員の作業は、八時半からはじまります。それに間に合うように行かなければいけない。急ぎましょう」

中央郵便局に着いたのは、八時十五分を過ぎた頃だった。建物の裏側にある、職員用駐車場に車を止める。

通用口に目をやると、福村が立っていた。福村は佐方と増田に気付くと、車に駆け寄ってきた。

「おはようございます。お待ちしてました」

昨日の帰り際の気落ちした様子とはがらりと違い、全身から覇気がみなぎっている。

「こちらからどうぞ」

福村は佐方と増田を、裏口から中へ通した。

福村のあとについて、リノリウムの長い廊下を歩いていく。福村は一階の突き当たりの部屋の前で立ち止まると、ここです、とドアを開けた。ドアに「監察官室」と書かれたプレートが掛けられている。

部屋は検事室と同じくらいの広さで、机が二つ置かれていた。壁にはスチール製の書棚が置いてあり、書類がびっしり詰まっている。

入口寄りの机に、増田と同じくらいの歳の男性が座っていた。男性は佐方と増田が部屋に入ると、急いで立ち上がりぺこりと頭を下げた。

福村が男性を紹介する。

「同僚の大竹《おおたけ》です。手筈はすべて伝えてありますから、ご心配なく」

福村は佐方と増田に、部屋の壁際に置いてあるソファを勧めた。

ソファの前に置かれている木製のテーブルの上には、ポータブルテレビほどの大きさのモニターが二台置かれていた。一台には職員が作業している様子が映し出されており、もう一台には手洗いの入口が映っている。

「こちらのモニターに映っている映像が仕分け室の様子で、そちらが職員用トイレの内部映像です。手洗いの映像は、プライバシー保護のため、入口付近しか写らないようにしてあります。しかし職員の出入りは、問題なく確認できます」

福村は窺うように、佐方を見た。

「これでよろしかったでしょうか」

佐方はモニターを眺めながらうなずいた。

「充分です」

福村は安堵《あんど》の表情で、笑みを浮かべた。

「良かった。自分は機械に詳しくないので、上手く取り付けられるか心配だったんです。何度もテストを繰り返して、設置が完了したのは明け方でした。間に合って良かったです」

「ご苦労様でした」

佐方の労《ねぎら》いの言葉には心がこもっていた。福村は教師に誉められた生徒のような顔で嬉しそうに頭を下げ、とりあえず茶を淹れてきます、と言って退室する。

モニター画面に映っている映像は、監視カメラで隠し撮りしているものだろう。福村は地検では、隠しカメラの存在に一言《ひとこと》も触れていない。増田は、緊張で身体を固くしたままの大竹に尋ねた。

「このモニターに写っている映像は、隠しカメラで撮っているものですよね。もともと、局内に設置されていたんですか」

大竹は、いえ、と首を振って言う。

「昨日の夜、佐方検事からご連絡いただき、早急にとの指示を受けて、作業室と手洗いに設置しました。田所の動向をリアルタイムで監視する、とおっしゃって。これでやつが動くと同時に、こっちも対処できます」

増田はますます不安を覚えた。佐方は本当に、今日、田所を逮捕するつもりだ。だが、もし現金入り封筒がなく田所が動かなかったら、徹夜の作業が徒労に終わってしまう。仮に、隠しカメラが田所逮捕に役立つときがくるとしても、急《せ》かして作業させる必要があったのだろうか。

増田はおずおずと訊ねた。

「本当に今日、田所は動くんでしょうか」

増田の問いに佐方は、迷いのない声で答えた。

「動きます。必ず」


四人は食い入るように、モニターを見つめていた。

佐方と増田と福村は応接用ソファに座り、大竹はふだん自分が使っている事務用の椅子を、テーブルの横に運んできて見ている。

一台目のモニター画面には、仕分け作業をする職員に混じって、田所が郵便物を郵便番号読み取り機にかけている姿が映っている。朝いちで収集されてきた郵便物だ。

田所を一言で表すならば、Ｌサイズの男、だった。背が高くでっぷりと太っている。汗っかきなのだろう。額の汗を拭きながら、慣れた手つきで、郵便物を読み取り機にかけている。

増田は壁にかかっている時計を、目の端で捉えた。十時半。監察官室に入ってから、二時間が経っている。田所にまだ、不審な動きは見られない。

田所が動くということは、犯罪が行われるということだ。事件が起きることを望むわけではないが、監視カメラまで設置して田所を捕らえようと身構えているこちらからすれば、早く動いてほしい、と切に願ってしまう。

福村も同じことを考えているようで、左膝を小刻みに揺らして、いまかいまかとモニターを睨みつけている。大竹もこの捕り物が気になるのだろう。通常業務の書類を捲《めく》りながら、ちらちらとモニターを見ている。

普段と変わらないのは佐方だけだった。佐方はテーブルに肘をつき、顔の前で手を組んだまま、ぴくりとも動かない。無言でモニターを見つめている。

なにも起きないまま、さらに一時間が過ぎた。間もなく昼休みに入る。

福村がため息を吐き「昼は近くの中華屋から、出前を取りましょう」と言って、席を立ち上がりかけた。その福村の行く手を、佐方が手で遮《さえぎ》った。

「動いた！」

佐方が小さく叫ぶ。

増田と福村は、モニターに顔がつくほど視線を近づけた。大竹も後ろから食い入るように覗いている。

「いま、作業着のポケットに封筒らしきものを入れました。右のポケットです」

福村が声を抑えて言う。仕分け室に聞こえるはずはないのに、誰もが小声だ。

増田は田所が着用している作業着の右ポケットに目を凝《こ》らすが、中が膨らんでいる様子までは見て取れない。田所はなに食わぬ顔で作業を続けていたが、五分ほど経つと、隣の職員に声をかけて部屋を出て行った。

「隣の職員に、なにを言ったんでしょう」

増田が小声で訊ねると、福村が答えた。

「きっと、手洗いに行ってくると断わったのでしょう。ほら、やっぱり！」

福村は二台目のモニターを指差した。画面には手洗いに入る田所が映っていた。

佐方が勢いよく立ちあがり、鼓舞するように声を張った。

「行きましょう！　浄化槽はどこですか」

「こっちです！」

叫びながら福村は、真っ先に部屋を飛び出した。佐方は「大竹さんは引き続きモニターの監視をお願いします！」と言い残し走り出す。増田も急いであとを追った。

福村は裏口から外に出て、建物の北側へ向かっていた。

福村に追い付き建物の角を曲がると、あたりが薄暗くなった。陽が当たらないためじめじめとしている。地面はコンクリート舗装ではなく、土がむき出しになっていた。

「ここです」

福村は地面を指差した。福村の指先には、マンホールよりやや大きめの、鉄製の蓋があった。自由に開けられないように、南京錠がかかっている。蓋の下に浄化槽があるのだろう。

福村はズボンのポケットから、大ぶりの鍵がついているキーホルダーを取り出した。プレートに「浄化槽」と書かれている。

「開けます」

福村は佐方と増田の顔を見た。佐方がうなずく。増田は息を詰めた。

浄化槽の蓋が開けられる。同時に中から水の流れる音が聞こえ、排泄物の強烈な臭いが漂う。

増田は息を止めたまま、浄化槽を覗き込んだ。中は畳二枚ほどの広さで、水面までは一・五メートルくらいありそうだ。壁に鉄製のはしごが取り付けられている。

空間は仕切りで三つに区切られていて、一番広いスペースに、汚泥のような茶褐色の液体が溜まっている。人の排泄物だ。他のふたつの狭いスペースに溜まっている液体は、消毒液かなにかだろう。

増田は顔を背け、止めていた息を口から大きく吐き出した。

「これを使ってください。気休めにしかならないかもしれませんが」

福村は増田と佐方に、未使用のマスクを差し出した。急いでマスクをつける。たしかに気休めだが、多少は臭いが遮られる感じがする。

佐方はマスクをつけると、福村を見た。

「すぐはじめましょう。急がないと、田所が破り捨てた郵便物の紙片が流れてしまう」

福村はうなずくと、壁際に置いてあった大きなビニール袋を持ってきた。黒い袋の中には、釣り用の胸まであるゴム製のつなぎと、肩まで届くゴム製の長手袋が入っていた。他には懐中電灯と、取っ手がついたプラスチックの大きなザルがあった。それぞれ二組ずつ用意されている。

増田は、はっとした。二組あるということは、二人が浄化槽の中に入り、排泄物に浸かりながら証拠品の紙片掬いをする、ということだ。一人は福村、もう一人は――。

増田は佐方を見た。佐方は地面に膝をつき、懐中電灯で浄化槽の中を覗いている。

増田はうつむき、マスク越しに唇をきつく噛んだ。

もう一人は――自分しかいない。事務官は検事の補佐役だ。事件の下調べをするのが、課せられた役目だ。自分が入らなければいけない。

増田は腹を決めた。

机の上で書類を整理したり、被疑者の取り調べを記録するだけが仕事じゃない。必要なら糞に塗《まみ》れるのも事務官の仕事だ。

増田は顔を上げ、ゴム製のつなぎに手を伸ばした。だが、取ろうとしたつなぎを先に掴んだ者がいた。

佐方だった。佐方はすでに靴と上着を脱ぎ、準備を整えていた。手にしたつなぎに素早く足を通す。

てっきり自分が中に入るものだと思い込んでいた増田は、呆然と佐方の様子を窺っていた。福村も事務官が入るものだと思っていたのだろう。つなぎに片足を突っ込んだままの姿勢で、目を丸くして佐方を見ている。

増田は我に返り、慌てて止めに入った。

「検事、なにをなさってるんですか。それは自分の役目です」

佐方は長手袋をはめながら、増田の目を見据えて言う。

「いえ、これは提案した私の役目です」

「そんな……それでは自分が困ります。どうか――」

増田は強硬に主張する。検事に嫌な仕事をさせて、ぼおっと突っ立って作業を見ていたとあっては、事務官としての立場がない。

そう言うと佐方は、目元に困ったような笑みを見せ、頭をくしゃっと掻いた。

「まあ、いいじゃないですか。早い者勝ちということで」

しかし――と、なおも食い下がる増田を手で制し、佐方は真顔で言った。

「時間がありません。急ぎましょう」

佐方が懐中電灯を手に取った。お先に、と福村に会釈し、鉄製のはしごを下りていく。

着替えを済ませた福村は、「たいした検事さんだ」とさも可笑しそうに笑うと、あとを追って浄化槽の中へ入っていった。

残された増田は、苦笑いしながら軽くため息をついたあと、地面に両膝をついて中を覗く。ふたりは黄土色の液体に腰まで浸かり、周囲を確認している。

福村が増田を見上げて、マスク越しに呼んだ。

「増田さん。そこにあるザルをください」

増田は急いでふたつのザルを手に取った。腕を伸ばし、中にいるふたりに手渡す。ザルを受け取った佐方と福村は、懐中電灯であたりを照らしながら、糞尿交じりの液体を掬いはじめた。

作業をはじめて一分も経たないうちに、福村が叫んだ。

「ありました！　紙片が出てきました。まだ、新しいです」

続いて佐方も叫ぶ。

「こっちも出てきました」

佐方が福村に向けて言う。

「集められるだけ集めましょう。あとで復元しやすいように」

「了解です」

「それから、増田さん！」

佐方は増田を見上げた。急に呼ばれ、慌てて返事をする。

「なんでしょうか」

「掃除用のバケツかなにか、水を持ってきてもらえませんか。その水でいまから渡す紙片の汚れを、落としてほしいんです。くれぐれも慎重に。手荒く扱うと、紙が破れたり、文字が消えてしまう可能性がありますから」

福村が言い添える。

「バケツは裏口を入ってすぐの、手洗いの掃除用具置き場にあります。水は、いま増田さんがいる場所の左手に、水道があります。そこから汲んでください」

左を見ると福村の言うとおり、建物のそばに水道があった。

増田は「了解しました」と返事をすると、地面から立ち上がり駆けだした。

裏口から中に入り、手洗いから掃除用のバケツを持ち出す。浄化槽へ戻ると、すぐそばの水道からバケツに水を入れた。準備を整え、ふたりが掬いあげた紙片をザル越しに受け取った。

紙片を見た増田は、思わず顔をしかめた。濡れているだけで、きれいな状態のものもあれば、茶色い排泄物が付着しているものもある。

増田は奥歯をぐっと噛みしめた。浄化槽に入っているふたりは、もっと辛い作業をしているのだ。汚れた紙片を洗い流すことくらい、中にいるふたりに比べればどうということはない。

増田は受け取った紙片を一枚一枚バケツの水に浸し、中で揺らしながら丁寧に汚れを落としていった。紙の大きさはばらばらで、手のひらに収まるくらいの四センチ角ほどのものから、文字が読みとれないほど細かい、一センチ角のものまである。

「汚れを落とした紙片は、どうしましょうか！」

浄化槽の中にいるふたりに向かって、増田は声を張り上げる。福村が増田を見上げた。

「つなぎが入っていた黒いビニール袋のなかに、ティッシュと新聞紙、ファスナー付きのビニール袋が入っています。ティッシュで水気を取り、新聞の上で乾かしてからファスナー付きのビニール袋に入れてください」

福村に言われたとおり、増田は濡れた紙片をティッシュで挟み水気を吸い取ると、重ならないように一枚一枚、広げて新聞紙の上に置く。風がなくて幸いだった。

増田は右肘で左手の袖を押し上げ、腕時計が見えるように捲《まく》った。十二時十分。佐方と福村が浄化槽に入ってから、三十分以上経過している。作業をはじめてから十分ほどは、次々と紙片が発見されたが、その後はほとんど出てこなくなり、ここ十分ほどはなにも見つかっていない。増田は乾いた順から、ファスナー付きのビニール袋に紙片を収めた。

いつまで作業を続けるのだろう、と思いはじめていたとき、ふたりが鉄製のはしごをつたって地上に出てきた。

ふたりは先ほどバケツに水を汲んだ水道で、手袋とつなぎを、身に着《つ》けたまま洗いはじめた。ふたりが洗い終えて着替えをはじめると、増田はザルを手に取り、洗い場に向かった。ゴム手袋はないが、水でよく洗いあとで消毒液を使えば大丈夫だろう。

つなぎと手袋を脱ぐと福村は、呻き声を上げながら腰に手を当て、背を反《そ》らせた。長時間屈んで作業をしていたので、腰が辛かったのだろう。

福村が、ふううっと大きく息を吐く。姿勢を戻すと地面にしゃがみ、浄化槽の蓋に鍵をかけた。

ズボンとワイシャツ姿になった佐方は、マスクを外しながら増田に訊ねた。

「紙片はどのくらいの量になりましたか」

増田は地面に置いてあったビニール袋を指で摘《つま》み上げ、佐方に見せた。

「これくらいです。だいぶ揃えましたね」

ビニール袋の中には、繋ぎ合わせれば便箋数枚分になりそうなほどの紙片が入っていた。浄化槽に流れ込んできてからすぐに掬い上げたため、汚れがあまり染み込んでいない。文字も、読み取れる部分が多い。このぶんだと宛先や差出人を、特定できる可能性は高い。

佐方はビニール袋を受け取ると、顔を近づけて四方から眺めた。小さくうなずくと、福村をひたと見据えて言った。

「田所を窃盗の現行犯で逮捕してください。急いで」

福村が息をのみ、はい、と短く返事をする。と同時に、全速力で駆けだした。

同じ姿勢での長い作業は、佐方も辛かったのだろう。肩に手を置き、首をぐるりと回している。佐方を見ながら、増田は考えた。

先日、福村が地検に浄化槽から掬った紙片を持ってきたとき、佐方は「これだけでは田所が言い逃れをする可能性があるから逮捕できない。もっと確証を摑まなければ」という意味のことを言った。

先ほど佐方は自信を持って逮捕するよう指示したが、さっき掬いあげた紙片と、先日の紙片の、なにが違うのか、増田にはわからなかった。紙片を見せて「お前がやったんだろう」と迫っても「自分ではない」と否定されてしまったら、佐方はどうするつもりなのだろうか。

自分が仕える担当検事はいったい、なにを考えているのだろう。増田の視線に気付いた佐方は、もういちど首を回すと「私たちも行きましょう」と言って歩き出した。

監察官室のパイプ椅子に座る田所は、モニターで見たときよりもひと回り小さく見えた。猫背の姿勢が、そう見せているのかもしれない。落ち着かない様子で、腹の前で組んだ指をせわしなく動かしている。

「あの、私はなぜここへ呼ばれたんでしょうか。食事の途中だったのですが」

田所は隣に立っている福村に訊ねた。田所は福村が探しに行ったとき、自席で愛妻弁当を食べていたという。

福村は上から田所を見下ろし、逆に問い返した。

「なぜ呼ばれたのか、心当たりはないですか」

田所は福村の問いには答えず、ソファに座っている佐方と増田を見た。

「この方たちはどなたですか」

増田はテーブルの向かいにいる田所を見ながら答えた。

「私は米崎地検・検察事務官の増田と言います。こちらは同じく米崎地検の佐方検事です」

こちら、と言いながら増田は佐方を見た。

検事、という言葉に、田所の顔色が変わった。佐方の上着の襟《えり》についている、秋霜烈日バッジに気づいたようだ。眉間に皺をよせ、親指の爪を噛みはじめる。

「その検事さんが、私になんの用でしょう」

「しらばっくれるな！」

突然、福村が叫んだ。長年たえていた、堪忍袋の緒が切れたのだろう。

「これを見ろ」

福村はテーブルの上に置いてある二台のモニターを、田所に向けた。

録画テープを巻き戻し、田所が作業着のポケットになにか入れる様子が映っている画面を見せる。

「これだよこれ。お前は郵便物を作業着のポケットに入れた。そして――」

続いて福村は、もう一台のモニターのテープを巻き戻し、田所が手洗いに行く様子が映っている場面を見せた。

「手洗いの個室に入り、郵便物の中に入っていた現金を抜き取った。そうだろう！」

モニターの画面をじっと見ていた田所は爪を噛むのをやめると、急に落ち着きを取り戻し椅子の背にもたれた。

「証拠はあるんですか」

「証拠はこれだ」

福村はさきほど浄化槽から掬いあげたばかりの紙片がはいった透明なビニール袋を、田所の鼻先に突きつけた。田所は眉間に皺を寄せると、ビニール袋から目を逸《そ》らし、顔を背けた。

「なんですか、これは」

「お前が手洗いに入った直後に、浄化槽から掬った紙片だ」

田所は芝居がかった態度で、大きなため息を吐いた。

「ポケットに入れたのは、郵便物に紛れこんでいた店のチラシです。誰かが間違って、ポストに入れたんでしょう。けっこうあるんですよ。郵便物以外の投函物が。旅先で撮ったと思われる写真が入っていたり、店のポイントカードが入っていたり。あ、ポケットティッシュが入っていたこともありました。監察官は現場作業したことがないから、ご存じないでしょうけれど」

福村の顔が怒りで耳まで赤くなった。

「じゃあ、これはどう説明するんだ。お前が手洗いに入った直後に、浄化槽に流れてきたんだぞ。お前が流したんじゃないか」

福村は紙片が入ったビニール袋を田所に突きつけた。田所は余裕の表情で、困ったように猪首《いくび》を振った。

「局内にいくつ手洗いがあると思うんですか。一階に二箇所、二階にも二箇所。合計四箇所の手洗いがあるんですよ。私が入ると同時に、別な手洗いに誰かが入って流したんじゃないんですか。なんにせよ、濡れ衣《ぎぬ》もいいとこです」

福村の顔がますます赤くなる。続く反論が出てこない。血走った目で悔しそうに、田所を睨みつけている。

田所は、増田と佐方を目の端で見た。

「検事さんも大変でしたね。糞さらいまでして調べたのに、無駄だったたなんて」

福村は救いを求めるような目で、佐方を振り返った。佐方は顔の前で手を組んだまま動かない。だまって田所の言い分を聞いている。

田所は椅子から立ち上がると、三人を眺めた。

「じゃあ、食事に戻らせてもらっていいですか。休憩時間が終わってしまう」

田所がドアへ向かう。その背中を、佐方が呼び止めた。

「もう少し、ここにいていただけませんか。田所さん」

田所は佐方を振り返った。

「時間はとらせません。そうですね、十分もあれば済むでしょう」

お願いします、そう言って佐方は目だけで田所を見た。

増田は息をのんだ。佐方の目には、鋭利な刃物のような鋭さがあった。田所も佐方の気迫に圧《お》されたのだろう。一瞬、顔に怯《おび》えたような色が浮かんだ。だが、すぐにふてぶてしい表情に戻り、もとの椅子に腰掛けた。

佐方は顔の前で組んでいた手を外すと、田所を見た。

「財布の中身を出してもらえますか」

「え？」

田所の顔に赤みが差す。

「中身を、ですか……」

田所が躊躇《ためら》いがちに聞き返す。佐方はうなずいた。

「小銭はいりません。札を出してください」

ここに、と言いながら佐方はテーブルを指先で小突いた。気は進まないが仕方がない、とでもいうように、田所はのろのろと作業着のファスナーを下ろすと、内ポケットから二つ折りの財布を取り出した。

テーブルの上に、一万円札三枚と千円札を五枚並べる。佐方は上着のポケットから薄手の白手袋を取り出して両手にはめると、八枚の札を手に取った。順番に眺め、その中から二枚の一万円札をテーブルの中央に置き、残りを田所に返す。

「この二枚が、動かぬ証拠です。指紋がつきますから触らないように」

増田と福村と田所は、テーブルに置かれた二枚の一万円札に顔を近付けた。いつのまにか大竹も、田所の後ろからテーブルを覗きこんでいる。

増田は二枚の一万円札を穴が開くほど見つめる。どこから見ても、普通の一万円札だ。これのどこが動かぬ証拠なのだろう。

佐方は内ポケットから茶封筒を取り出し、中から一枚の写真を出した。

「これを見てください」

佐方が札の隣に写真を置く。見ると、新聞の上に置かれた二枚の一万円札がアップで写っている。

「そこに写っている万札の、紙幣番号を見てください」

増田は写真に顔を近付ける。一枚はＨＥ８９２７４６Ｍ、もう一枚はＭＶ３４３３８９Ｃと印刷されている。

次に、と言って佐方は福村の手元を指差した。

「さきほど田所さんが財布から出した万札の紙幣番号を見てください」

増田と福村は頭を付けるようにして、テーブルの上の写真と一万円札を見比べた。

福村が驚きの声を上げる。

「こ、これは」

増田は逆に声が出なかった。

写真に写っている札の番号と、田所が持っていた一万円札の札番号は同じだった。何度も見直すが間違いない。一文字たりとも違っていない。まるでテーブルマジックを見ているようだ。

増田は隣に座っている佐方を見た。

「いったい、どういうことですか」

「では、はじめましょう」

佐方が種明かしでもするように言う。

「福村さん、大きな紙とピンセットのような、摘めるものを貸してもらえませんか」

意外な要求に、福村は目を丸くした。

「ありませんか」

佐方が再度、訊ねる。

「あ、いや、あります。いますぐ用意します」

福村はスチール製の書棚から、郵便局の宣伝用ポスターを取り出し、自分の机の引き出しからピンセットを持ってきた。

「これでいいですか」

「けっこうです」

佐方はポスターとピンセットを受け取ると、テーブルの上にポスターを裏返しにして広げた。その上にビニールの中の紙片を出す。佐方は紙片をピンセットで摘むと、一枚一枚、繋ぎ合わせはじめた。誰も口を開く者はいない。みな無言で、佐方の手元を見つめている。

三分後、紙片が復元された。破られた紙片は、一枚の封筒だった。油性のボールペンかなにかで書かれたのだろう。文字は比較的はっきりと読みとれた。

増田は表に書かれている宛先を読んだ。そこに書かれている名前に目を疑う。封筒の表には、佐方が住んでいる官舎の住所と、佐方の名前が書かれていた。

「これはどういうことですか」

増田は佐方に訊ねた。佐方は増田の問いに答えず田所を見据えた。田所の額には、薄っすら汗が滲んでいる。

「この万札は早朝、私が自分宛ての封筒に入れて、中央郵便局のポストに投函したものです。その金が、どうして田所さんの財布から出てきたのか。答えはひとつ。田所さんが、私が投函した封筒から、現金を抜き取ったからです」

「違います！」

田所は即座に否定した。

「その札は昨日から、私が持っていたものです」

「昨日から、ですか」

佐方が繰り返す。田所は、ええ、と言ってうなずいた。

「私は昨日から、万札を使っていません。だから、この札が昨日から私の財布に入っていたことに間違いありません。どういう手を使ったのかわかりませんが、逆に私が知りたいです。どうして私の財布の中にあった札の写真が、ここにあるのか」

佐方は視線をテーブルに落としたまま、写真を田所へ差し出した。

「写真に札と一緒に、新聞の端が写っていますよね。その日付を見てください」

田所は、新聞がなんなんだ、とでも言いたそうな表情で、面倒そうに写真を見た。

田所の顔色が見る見る変わる。写真を持つ指先は震え、額にじっとりと汗が滲んできた。

「なんなんです。なにが写っているんです」

呆然としている田所の手から、福村が写真をひったくった。写真を見た福村は、大きく目を見開いた。口を開いたまま、写真を食い入るように見つめている。その口から、ははっ、という笑い声が漏れた。

「ははっ、はははは！」

福村の高笑いが、部屋中に響いた。福村はひとしきり笑うと、テーブルに音を立てて両手をつき、田所に鼻先を突きつけた。

「これでも、まだ昨日、自分の財布にこの札があったって言い張るのか！」

いったい、写真の中の新聞になにが写っているのだ。増田は福村がテーブルに置いた写真を見た。

写真には、新聞の日付が写っていた。日付は今日のものだった。写真に写っている新聞は、今日の朝刊だ。

増田はここにきてやっと、佐方が田所に仕掛けた妙計に気がついた。

この写真は、今朝まで二枚の一万円札が、確かに佐方の手元にあったという明確な証拠だ。これでもう田所は、言い逃れできない。

佐方はテーブルに目を落として言った。

「指紋が上手く検出できれば、この二枚の札には、私の指紋の上に田所さん、あなたの指紋が重なっていることでしょう」

佐方は顔を上げると、手袋を脱ぎながら田所を睨みつけた。

「田所健二。窃盗の現行犯で逮捕する」


外に出ると、佐方は裏口に停めてあった車の前で、大きく伸びをした。

「いやあ、辛かった」

増田は気の毒そうに佐方を見た。

「本当にお疲れ様でした」

人の排泄物に塗れる作業など、誰が好き好んでするものか。だが、佐方は自ら率先して浄化槽に入った。罪を立件するためならなんでもするというプロ意識の高さに、頭が下がる。

佐方は上着のポケットからハイライトとライターを取り出すと、一本だけいいですか、と増田に訊ねた。どうぞ、と増田が言うと、佐方は煙草をくわえて火をつけた。深く吸い込み、煙を大きく吐きだす。

「ああ、やっと落ち着いた」

佐方は美味そうに煙草を吸いながら、増田を見た。

「郵便局の中はすべて禁煙でしょう。今回は、一刻の猶予《ゆうよ》もない捕り物です。外で一服しているあいだに証拠を隠蔽《いんぺい》されてしまったら、せっかくの仕掛けが無駄になりますから、外で吸う暇もない。いやあ、辛かった」

増田は驚きと呆《あき》れが混じった表情で、佐方を見た。辛いと言ったのは、浄化槽掬いではなく、ニコチン切れのことを言っていたのか。ニコチン切れより浄化槽掬いの方がよほど辛いと思うが、佐方にとっては逆なのだろう。

増田の視線に気付いたのか、佐方はばつが悪そうに頭をくしゃくしゃと掻いた。

「増田さんは煙草を吸わないからわからないでしょうけれど、吸えないと結構きついんですよ、これが」

佐方は吸い終わった煙草を愛《いと》おしそうに、携帯灰皿で揉み消した。増田は思わず吹き出した。

「思う存分吸ってください。二本でも、三本でも」

「では、お言葉に甘えて」

佐方は笑いながら、二本目のハイライトを取り出した。

その日の夜、増田が自分のアパートに帰ると、郵便受けに一通の手紙が届いていた。

誰からだろうと思い、封筒を裏返した増田は驚いた。差出人は佐方だった。

いったい、なにを送ってきたのだろう。封を切ると、なかには千円札と便せんが一枚入っていた。便せんには「お借りした千円です。ありがとうございました」と書かれていた。

あのときの――。

増田は昨日、佐方に千円貸したことを思い出した。今日の逮捕劇で、すっかり忘れていた。

増田はスーツを脱いで、部屋着に着替えた。台所に行き、冷蔵庫から缶ビールを取り出す。缶に直接口をつけて、ビールを喉の奥に流し込む。痛いくらいの刺激が、胃に落ちていく。

茶の間に戻ると、帰る途中に立ち寄ったスーパーで買った総菜を、テーブルに広げた。鶏のからあげに箸をつけながら、増田は佐方が送ってきた封筒を手に取った。

佐方はどうしてわざわざ、手紙で金を返してきたのだろう。職場で顔を合わせるのだから、手渡しでいいではないか。

不思議に思いながら、消印を見る。消印の日付は、今日のものだった。扱いは中央郵便局になっている。増田は、佐方が自分自身に宛てた手紙を、朝いちで中央郵便局のポストに投函した、と話したことを思い出した。

そうか、そういうことだったのか――。

増田は納得しながら、大きく息を吐いた。

佐方は今朝、二通の手紙を出していたのだ。一通は佐方宛て、もう一通は増田宛てだ。同じ市内なら朝いちの手紙は、当日に届く。

もし、現金の入った手紙が一通だけだったら、田所が見逃す可能性がある。だが二通あれば、どちらかには気付くはずだ。二通とも見逃すとは思えない。佐方は確実に田所を逮捕するため、おとりの郵便を二通分、用意していたのだ。

佐方が着ていた上着の内ポケットには、万札の写真の他に、この千円札が写っている写真もあったのだろう。

増田は千円札を両手で持つと、床に仰向《あおむ》けに寝ころんだ。事件解決にかける佐方の執念に、感嘆のため息をもらす。

「参りました。佐方さん」

増田は手元に帰ってきた千円札を眺めながら、声に出して言った。

田所を逮捕した三日後、福村が地検を訪れた。

検事室のソファに座る福村は、顔に満面の笑みを浮かべていた。

「今回の件では、本当にご迷惑をおかけしました。お詫びするとともに、深くお礼申しあげます」

福村ははじめてこの部屋を訪れたときのように、深々と頭を下げた。

「ところで、田所はどうしてます」

福村が訊ねる。

逮捕後、田所は警察に引き渡され、翌日、地検に身柄を送致されてきた。田所の事件を配点されたのは佐方だった。事件の発端から逮捕までの流れを一番よく知っている人物だし、これは半ば佐方の検察捜査だ、というのが筒井の意見だった。

田所は警察の調べに対し、佐方が投函した封筒と、その前に田所が浄化槽から掬った封筒の二件の窃盗は認めたが、ほかの紛失した郵便物に関しては否認していた。

裁判官は刑事訴訟法六十条一項をあげ、佐方の勾留《こうりゅう》請求を却下しようとした。被疑者は住所不定でもなく、逃亡の懼れもない。被害金額が少ないことを鑑《かんが》み、釈放し在宅で任意の取り調べを続ければいいのではないか、というのだ。

だが、佐方は裁判官の意向を受け入れなかった。被疑者が犯した罪は長期間にわたる悪質な職務犯罪であり、他にも同様の窃盗事実があると思われる。いま、釈放すれば、証拠隠滅を図る懼れがあり、他の窃盗事実を見逃してしまう可能性がある、と食い下がった。

最終的に裁判官も佐方の意見に同意し、十日間の勾留を認めた。

「そんなわけで、いま田所は警察の留置所にいます。勾留期間中に余罪を追及し、ひとりでも多くの被害者に被害弁償ができるようにしたいと考えています」

佐方は増田の淹れた茶を飲みながら、そう説明した。

被害者と言えば、と口にしながら福村は出された茶に手をつけた。

「私がここに持ち込んだ紙片があったじゃないですか。あの紙片を復元したところ、封筒から差出人が判明しましてね。昨日、お詫びに行ってきました」

福村の話によると、差出人は市内に住む七十歳近くになる老夫婦だった。名前は島《しま》本源治《もとげんじ》と清子《せいこ》。手紙の宛先は、結婚して東京に住んでいるひとり息子だった。

この春、息子夫婦の子供が、小学校に入学した。島本夫妻は、孫に入学祝いを贈りたくて、封筒に現金を入れて投函した。

島本源治は、地元で長く新聞配達所を営《いとな》んでいた。しかし、景気が悪くなるにつれ契約が減り、人を雇う余裕がなくなった。自分たちももう歳だ。ふたりだけで、新聞にチラシを挟む作業から配達までこなすことはできない。そんなこんなで、三年前に店を閉じた。夫婦ふたり、年金で慎ましく暮らしている。

一方、嫁の実家は裕福だった。父親は一流商社の役員で、母親は茶道の師範をしている。嫁の実家は孫が生まれたときからお食い初《ぞ》めだ七五三だと、事あるごとに服やベビーカーなどの祝いを贈っていた。だが、島本夫妻に、そこまでする経済的余裕はなかった。貯金もなくわずかな年金だけが収入源だ。孫になにかしてあげたくても、自分たちが暮らしていくだけで精一杯で、なにも贈ってやれなかった。

だが、この春、孫が小学校に入学するにあたり、どうしてもなにか祝いをしてやりたかった。そこで、年金をもらうたびに千円ずつ貯めて蓄えた一万円を、封筒に入れて送った。

土下座をして今回の不祥事を詫びる福村に、妻の清子は「送ってもなんの連絡もねえがら、額が少なくて気を悪ぐしたんじゃねえが、なんて考えていだどごでした。届いでねがったんだがら、連絡があるはずないですよね。来年になっけどもまた金を貯めで、もう一度、送ってやります。こんどは現金書留で」と現金を普通の封筒で送った自分たちにも落ち度がある、と逆に頭を下げたという。

「その話を聞いて、胸が痛みましてね。田所にはあとできっちり弁済させますが、島本夫妻にはとりあえず自分が立て替えて、一万円おいてきました」

福村は両手で湯呑を包みながらつぶやいた。

「手紙にはいろいろな人の、様々な思いが込められています。私たちが扱っているのは単なる紙きれではありません。人の気持ち、心です。そのことを再度職員たちに伝え、二度とこのような事件が起きないよう指導していきます」

増田は深くうなずいた。だが、佐方はなにも答えない。前屈みになったまま、ぼんやりと遠くを見ている。なにか考え事をしているようだ。

増田が声をかけると、佐方ははっとして顔を上げた。

「ああ、そうですね。今後、このようなことがないように、きっちり指導してください」

福村は自信を見せて答えた。

「任せてください」

福村が帰ると佐方は増田に、ちょっと一服してきます、と断り検事室を出て行った。

屋上のドアを開けた佐方は、身体に腕を回して身震いした。四月とは言え、風はまだ冷たい。だが、風の中にわずかながら、若芽の匂いが感じられる。

佐方はフェンスに寄りかかると懐から煙草を取り出し、風で火が消えないようにライターを手で覆いながら火をつけた。

遠くの空を眺めながら、佐方は先ほどの、島本夫妻の話に思いを馳せた。

両親を亡くした佐方は地元、広島の高校を卒業したあと、奨学金を得て北海道大学に進学した。大学在学中、広島の片田舎に住む父方の祖父母からときどき手紙が届いた。中には、身体を心配する手紙と一緒に、いつも皺だらけの五千円札が入っていた。

祖父母は農家を営んでいる。だが土地持ちというわけではない。狭い田畑を耕し、自分たちが食べるくらいの米や野菜を作って暮らしている。祖父母も島本夫妻同様、裕福な暮らしはしてはいない。それは大学時代もいまも変わらない。

小さながま口に、札を幾重《いくえ》にも折り畳んで入れていた祖母の姿が、目に浮かぶ。取り出した札は、いつも皺くちゃだった。

金が届くたびに公衆電話から「もう金は入れんでええけん」と断ったが、祖父母は「司法試験の勉強をするんじゃ、なにかと物入りじゃろう」と、送ることを止《や》めなかった。皺くちゃの五千円札を目にするたび、佐方の目頭は熱くなった。

送金は佐方が司法試験に合格するまで続いた。

紛失した郵便物に現金が入っていたのではないか、と推測したのは、紛失届が春先に集中していたこともあるが、佐方自身の体験があったからだ。佐方の祖父母も現金書留ではなく、普通の封筒を使っていた。現金書留で出すためにかかる手数料すら、節約するような暮らしをしていたのだ。

佐方は煙草の煙を深く吸い込んだ。

胸の中で広島の祖父母と、島本夫妻が重なる。

検事に任官してから忙しさにかまけて、あまり連絡を取っていない。たまには電話してみようか。

佐方はいや――と、首を振った。

電話もいいが、この土地の美味いものを送ってやろう。手紙を添えて。

手紙の出だしはなんて書こう。堅苦しいが「前略、ご無沙汰しています」が無難なような気がする。

頭をくしゃくしゃと掻く。

いざ、手紙を書くとなると、なにを書いていいのかわからない。気恥ずかしくもある。

だが──。

福村が検事室のソファでつぶやいた言葉が蘇《よみがえ》る。

──私たちが扱っているのは単なる紙きれではありません。人の気持ち、心です。

佐方は空を仰いだ。

薄水色の空に、煙草の煙がまぎれて消えていく。

たまには「心」を送るのもいいだろう。地元出身の増田なら、この土地の名産品を知っているはずだ。部屋に戻ったら、訊《き》いてみよう。柄《がら》でもないことをして、祖父母を驚かせるのも面白い。

佐方は備え付けの灰皿に煙草を揉み消すと、屋上のドアへ向かって歩きはじめた。

解説

佳多山大地

推理小説《ミステリー》ジャンルの普及と発展を目的とする日本推理作家協会では、優れた短編ミステリーを顕彰するアンソロジーを一九四八年度版以来、毎年編纂し続けている。本書『Symphony《シンフォニー》 漆黒の交響曲』の親本にあたる『推理小説年鑑 ザ・ベストミステリーズ2013』（二〇一三年、講談社）は、二〇一二年中に小説誌等で発表された約三百本の短編作品のなかから、申し分のない出来《でき》と同協会が太鼓判を押す十二本を収録したものである。

本邦ミステリー界の年ごとの動静にふれた巻末記事も充実し、斯界《しかい》の戦後史／現代史を概観するうえでも資料的価値が高い『推理小説年鑑』は、初刊から三年後に講談社文庫に入るにあたって新たに「ミステリー傑作選」と銘打たれ、二分冊で刊行されるのが従来慣例になっている。今回、『推理小説年鑑　ザ・ベストミステリーズ２０１３』の収録作は、今年（二〇一六年）四月刊の本書と十一月に刊行予定のミステリー傑作選（タイトル未定）とにそれぞれ六本ずつ振り分けてファンに供される次第。

もとより、アンソロジーを手にとる醍醐味のひとつは、未知の作家と遭遇する機会を得られることだろう。推理小説年鑑及びミステリー傑作選は、ミステリーファンと作家との新しい縁《えにし》を結ぶ大きな使命も担っている。おのおの自分の好みに合う作家が新しく見つかれば、ぜひ単独の著作に手をのばしてもらいたい。

ところで、年来のファンには周知のとおり、推理小説年鑑を編纂する地道な作業は、日本推理作家協会が主催する歴史ある文学賞、日本推理作家協会賞の短編部門の予選選考を兼ねるものである。解説子も末席を汚した二〇一三年（第六十六回）の予選会にて最終候補に推挙されたのは、天祢涼《あまねりよう》「父の葬式」、岸田るり子「青い絹の人形」、中田永一（乙一の別名義のひとつ）「宗像《むなかた》くんと万年筆事件」、宮内悠介「青葉の盤」、若竹七海「暗い越流《えつりゆう》」の五作品だった。本選選考会は同年四月二十六日に行われ、同賞候補にノミネートされること五度目のベテラン、若竹七海がついに金的を射止めた。受賞作「暗い越流」は本書の巻頭を飾っているが、すでに円熟の域に達したと言っていいだろう若竹の語りの至芸を堪能できる。

——それにしても、ミステリー傑作選の解説を任される都度《つど》ひしひしと感じるのは、ミステリーなる大衆文学ジャンルがその時代を生きるわれわれ市民の趣味嗜好、社会風俗を映し出す〈鏡〉にちがいないのだということ。本書をひもとく読者は、若竹七海の「暗い越流」でいわゆる毒親と在宅介護の問題に突きあたると、有栖川有栖「本と謎の日々」では書店経営の苦しさを垣間見る。貴志祐介の「ゆるやかな自殺」を読むときには昨年（二〇一五年）八月に国内最大の指定暴力団山口組が分裂して対立抗争の激化が危ぶまれる現況を思い合わせ、七河迦《ななかわか》南《なん》「悲しみの子」に向き合っては日本がハーグ条約（国際的な子の奪取の民事上の側面に関する条約）に主要八《G》カ《8》国で最も遅く二〇一四年に加盟したニュースに思いを致す。宮内悠介の「青葉の盤」は一見浮世離れした碁盤師の生業《なりわい》を描きながらネット社会の加速度的進行が背景にあるし、掉尾《ちょうび》を飾る柚月裕子《ゆづきゆうこ》「心を掬《すく》う」はこの国で特に公職に就く者の職業倫理を問うて、一読後、わが身を省みることにもなるはずである。

　ともかくも、二〇一二年中に発表された傑作短編が並ぶこのショーケースには、同時に、二〇一〇年代前半の日本社会のひずみも過《あやま》たず反映されている。それぞれ作品のなかで描かれる彼らの物語は、じつにわれわれ自身の物語にほかならないのだ。

ミステリーは世につれ、世はミステリーにつれるもの。現代の〝時代の空気〟を吸い込んで、とびきり高品質な娯楽《エンターテインメント》の時を約束する本書の収録短編を、以下順番にざっと紹介していきたい。なお、作者のプロフィールについては、各作品の扉に簡潔にまとめられてあるので、ここでは最新の情報についてのみ適宜補足する。

＊

若竹七海「暗い越流」

「私」が嘱託社員として勤める出版社に、刑事弁護士が一通のファンレターを持ち込む。それは「多摩川の五人殺し」と悪名を馳《は》せ、死刑判決がすでに確定している磯崎保に宛てたものだった。『日本の犯罪者たち』というムックのシリーズにリサーチャーとして携わる「私」は、差出人の山本優子がどういう素性の人物なのか調査することを肯《うけが》うが……。

ノンシリーズ短編の本作で、作者の若竹は第六十六回日本推理作家協会賞受賞の栄に浴す。「吹けば飛ぶようなリサーチャー」と自らを卑下《ひげ》する「私」だが、謎めく死刑囚グルーピーの正体を探るうち、思いがけず〝埋もれていた事件〟を掘り当てる。

構成の妙が冴え、結末ではブラックな味わいが深まる逸品だ。語り手の「私」と肥満気味の刑事弁護士の関係性の変化にも注目を。短編集『暗い越流』(二〇一四年、光文社)所収。

有栖川有栖「本と謎の日々」

注文した本が搬送中の事故で傷《いた》んでいたのに「むしろありがたい」と買って帰る客、お薦めの本に添えたPOPが二度までも持ち去られる変事、早朝一番と閉店間際にあらわれて店内を見回る不気味な「死神」……。書店でアルバイト中の女子大生、橋立詩織《はしだてしおり》の勤労の日々は、かくも不可思議な謎に満ちている!

書店をモチーフにした書き下ろしアンソロジー『大崎梢リクエスト! 本屋さんのアンソロジー』(二〇一三年、光文社)所収。人が人の書いた本を人に売る〝町の本屋さん〟では、ネット書店とは明らかにちがう、良くも悪くも人の体温を感じるドラマが日々繰り広げられる。大学卒業後、書店勤めをした作者自身の経験が活かされた〈日常の謎〉派の佳品である。

『46番目の密室』(一九九二年)に始まり二十年以上も続く〈火村英生シリーズ〉が、二〇一六年一月から三月にかけ『臨床犯罪学者 火村英生の推理』のタイトルで連続ドラマ化された（日本テレビ系）。現代本格のムーブメントを長年にわたり牽引してきたベテランに、あらためて注目が集まっている。

貴志祐介「ゆるやかな自殺」

暴力団幹部の野々垣二朗は、目の上のたんこぶだった若頭をまんまと自殺に偽装して葬り去ることに成功する。しかし、殺害現場から車で逃走するところを弟分の元プロボクサーに目撃されてしまい、やむをえずその口を永久に封じる必要に迫られる……。

嵐の大野智主演で二〇一二年にテレビドラマ化（フジテレビ系『鍵のかかった部屋』）もされた〈防犯探偵・榎本《えのもと》シリーズ〉の一編。腕っこきの鍵屋である榎本径《けい》は、毎度閉ざされた部屋を開けるだけの仕事をするつもりが、まるで祟《たた》られでもしたように密室殺人の現場に踏み入ってしまうのだ。今回の密室は、内側から厳重に施錠された組事務所。アルコール依存症の元ボクサーが拳銃自殺したかのように装う犯人のトリックは、すこぶる残酷な〝子供だまし〟で戦慄を覚える。

七河迦南「悲しみの子」

N県の福祉局のホームページに投稿されてきたイラストは、確かに不穏な気配を感じさせた。二人の女の子を挟んで立つ大人の男女が、それぞれ一人の子の手を引っぱり、引き裂こうとしているよう。少女の顔は、ともに苦しげだ。イラストに描かれた大人の顔つきから、国際結婚した夫婦の一家庭が破綻の危機に瀕していることが読み取れて……。

短編集『空耳の森』（二〇一二年、東京創元社）所収。日本人と外国人との国際結婚は、一九六〇年代には年間四、五千組だったが、近年（二〇一〇年代）は年間二万組を超えて推移している。ハーフタレントが持てはやされる御時世だが、国際結婚が増えるということは当然、国際離婚も増えているのが道理。それは日本人同士の離婚より周囲の無理解を招きがちで、子どもをこそ一番の被害者にしかねない。イラストの少女たちの謎は解けても、読者はいっさいのカタルシスを許されない。

宮内悠介「青葉の盤」

秋山碁盤店の三代目、吉井利仙《よしいりせん》は山口県下の山中にみごとな榧《かや》の立木があると聞き、勇んで足を運んだが、あいにく仕事は空振り。しかし偶然にも山中で、伝説の碁盤師、黒澤昭雄の一人娘と邂逅する。突然の嵐の夜、榧の大木の下で冷たくなっていた黒澤の死は、人の手にかかったのではないかとの憶測も当時呼んだのだが……。
ＳＦ畑でめざましい活躍をみせる宮内悠介が、放浪の碁盤師を名探偵役に仕立てて本格ミステリーに挑む。碁盤師とは、榧や桂などの立木から囲碁盤を作り出す職人。硬質な、文学的香気立つ文体で、碁盤師という特殊な職人の世界を舞台にした謎解きを描いて、斯界に清新の風を吹き込む。吉井利仙物の短編は、この「青葉の盤」を皮切りに、ミステリー専門誌「ジャーロ」にさらに三本発表されている。

柚月裕子「心を掬う」

知り合いが出した郵便物が届いていないらしい。封した手紙を家のどこかに置いたまま、投函したと思い込んでいるだけなのか？　現金書留でなく、普通の封筒に現金を入れた手紙が郵便局内で窃取《せっしゅ》されている可能性を疑う佐方《さかた》検事は、地元の郵政監察官と連携し、仕事中にあやしい振る舞いを見せる一人の局員に目をつける……。
後に弁護士に転じる佐方貞人《さだと》の検察官時代を描くシリーズ第二弾『検事の死命』（二〇一三年、宝島社）所収。本作に登場するのは飲み屋の大将から検察事務官、郵便局員と職種もさまざまだが、問われるのはそれぞれのプロ意識だ。容疑者を追いつめるために佐方が仕掛けていた、いわゆる逆トリックは、コロンボ刑事の手際を髣髴《ほうふつ》させる。

大藪春彦賞をすでに戴冠している柚月裕子は、二〇一五年発表の『狐狼の血』（KADOKAWA）で直木賞と吉川英治文学新人賞、さらに日本推理作家協会賞にそれぞれ初ノミネートされた。今最も熱い注目を浴びる女性作家の一人である。

＊

株式会社芳林堂書店が破産手続きを開始した。二〇一六年二月二十六日付でのことだ。終戦後に、もともとは古本屋として産声を上げた芳林堂書店は、一九七一年に国電池袋駅の西口に自社ビルを建設、旗艦店となる池袋本店をオープンした。大学生時分、西武池袋沿線に暮らした解説子にとって、リブロ池袋本店に次いでよく利用した書店だった。

バブル崩壊後の長引く出版不況のおり、すでに二〇〇三年に芳林堂池袋本店は閉められていたが、年来のミステリーファンにとってこの本店は、「作家の若竹七海が学生時代にアルバイトをしていた店」として知られていた。いわゆる新本格ムーブメントの興隆期に刊行された『競作　五十円玉二十枚の謎』（一九九三年、東京創元社）は、若竹が池袋の芳林堂でレジに入っているとき遭遇した未解決の謎——なぜ毎週土曜日に同じ男が五十円玉二十枚を持ち込んで千円札と両替してくれるよう頼むのか——に、プロ作家のみならずアマチュアのファンにも解答を公募して編まれた伝説的アンソロジーだ。ちなみに、このとき「若竹賞」を受賞したアマチュア投稿家の佐々木淳は、後の倉知淳である。

『競作　五十円玉二十枚の謎』の刊行から、早二十三年。若竹七海の日本推理作家協会賞受賞短編を収録したミステリー傑作選が刊行される間際に、芳林堂書店倒産のニュースに接したことはうら寂しく、感慨深いものがある。本棚をふと見渡せば——そうそう、なつかしいあの本やこの本は池袋の芳林堂で買ったのだったと思い出すのである。

Symphony《シンフォニー》 漆黒《しつこく》の交響曲《こうきようきよく》 ミステリー傑作選《けつさくせん》

日本《にほん》推理《すいり》作家《さつか》協会《きようかい》 編《へん》

講談社文庫

定価はカバーに
表示してあります

2016年4月15日第1刷発行

発行者――鈴木　哲

発行所――株式会社　講談社

東京都文京区音羽2-12-21　〒112-8001

電話　出版　(03) 5395-3510
　　　販売　(03) 5395-5817
　　　業務　(03) 5395-3615

デザイン―菊地信義

本文データ制作―講談社デジタル製作部

印刷―――豊国印刷株式会社

製本―――株式会社国宝社

Printed in Japan

ISBN978-4-06-293362-9

講談社文庫刊行の辞

二十一世紀の到来を目睫に望みながら、われわれはいま、人類史上かつて例を見ない巨大な転換期をむかえようとしている。

世界も、日本も、激動の予兆に対する期待とおののきを内に蔵して、未知の時代に歩み入ろうとしている。このときにあたり、創業の人野間清治の「ナショナル・エデュケイター」への志を現代に甦らせようと意図して、われわれはここに古今の文芸作品はいうまでもなく、ひろく人文・社会・自然の諸科学から東西の名著を網羅する、新しい綜合文庫の発刊を決意した。

激動の転換期はまた断絶の時代である。われわれは戦後二十五年間の出版文化のありかたへの深い反省をこめて、この断絶の時代にあえて人間的な持続を求めようとする。いたずらに浮薄な商業主義のあだ花を追い求めることなく、長期にわたって良書に生命をあたえようとつとめるところにしか、今後の出版文化の真の繁栄はあり得ないと信じるからである。

同時にわれわれはこの綜合文庫の刊行を通じて、人文・社会・自然の諸科学が、結局人間の学にほかならないことを立証しようと願っている。かつて知識とは、「汝自身を知る」ことにつきていた。現代社会の瑣末な情報の氾濫のなかから、力強い知識の源泉を掘り起し、技術文明のただなかに、生きた人間の姿を復活させること。それこそわれわれの切なる希求である。

われわれは権威に盲従せず、俗流に媚びることなく、渾然一体となって日本の「草の根」をかたちづくる若く新しい世代の人々に、心をこめてこの新しい綜合文庫をおくり届けたい。それは知識の泉であるとともに感受性のふるさとであり、もっとも有機的に組織され、社会に開かれた万人のための大学をめざしている。大方の支援と協力を衷心より切望してやまない。

一九七一年七月

野間省一